D1936692

Impressum:
© 2011 KRAL-Verlag
Kral GmbH (Inh. Robert Ivancich),
John F. Kennedy-Platz 2, A-2560 Berndorf
Tel: 02672/82236, Fax: 02672/82236-4
office@kral-verlag.at, www.kral-verlag.at
Alle Rechte vorbehalten.
Das Werk und seine darin enthaltenen Teile sind
urheberrechtlich geschützt.

Redaktion & Texte: Elisabeth Beyerl, Reinhold Gayl
Illustrationen: Astrid Eidler

Buchgestaltung, Satz: Su Rihs – www.surihs.at
Bildbearbeitung: Su Rihs – www.surihs.at

ISBN: 978-3-99024-029-8
Erschienen in Berndorf 2011

1. Im Frühlingswald
Seite 10

2. Savannen in der Au
Seite 26

3. Am stillen Weiher
Seite 36

4. Am Seitenarm
Seite 58

5. Am Flussufer
Seite 68

6. Im Sommerwald
Seite 80

7. Heißländen im Herbst
Seite 108

8. Herbst und Winter im Wasserwald
Seite 116

Rätsel Seite 140

Damit ihr bei unseren lustigen, spannenden, aber auch gefährlichen Abenteuern in den Donau-Auen dabei sein könnt, haben wir jemanden gefunden, der unsere Erlebnisse für euch aufgeschrieben hat und jemanden, der viel Interessantes über Pflanzen und Tiere zu berichten weiß.

Wir sind Tom & Tina. Wir führen unsere Gäste durch den Nationalpark Donau-Auen. Man nennt uns auch „Ranger". Die beliebte Au-Maus Kleo und ihre Freunde werden euch Spannendes über ihre Reise durch die Au berichten.

Wenn ihr aber noch mehr über die großartigen Eigenschaften von Tieren und Pflanzen wissen wollt, dann lest nach, was wir in den grünen Kästchen für euch zusammengetragen haben.
– Ihr werdet staunen!

„Hallo, Kinder", rief Kleo fröhlich, „kommt mit uns! Alle Tiere und Pflanzen sind unsere Freunde. Wir werden viel erleben!"
„Vergiss nicht zu sagen, dass auch die Menschen unsere Freunde sind!", erinnerte Jakob die Maus.
„Natürlich, du hast Recht! Wir freuen uns, wenn sie kommen!"
„Und wir möchten, dass viele Kinder dabei sind!"
„Stimmt, die Kinder sind uns sehr wichtig!"
„Wieso eigentlich?", erkundigte sich der Fuchs Schlaubi, der sich wieder einmal lautlos angeschlichen hatte.
„Weil wir möchten, dass sie uns besser kennen lernen und uns lieb gewinnen!"
„Und uns schützen, wenn sie einmal erwachsen sind."
„Damit es allen Tieren und Pflanzen gut geht!"
„Oh ja, das möchten wir! Darum sind wir fast immer dabei, wenn Tom und Tina mit Gästen unterwegs sind!"
„Warum?"
„Schau, kein noch so gescheiter Igel, keine noch so pfiffige Maus kann alles wissen. Da ist es praktisch, wenn man jemandem zuhören kann und dabei vieles erfährt, was man noch nicht gewusst hat!"
„Und wer sind Tom und Tina?"
„Aber Schlaubi, das weißt du nicht?", wunderte sich Kleo. „Das sind Menschen, die besonders viel über Tiere und Pflanzen wissen. Sie führen Gäste gerne durch die Au und erzählen ihnen dabei manches über uns!"
„Bei uns gibt es viele Au-Führer!", erklärte Jakob stolz.
„Oh ja! Aber mir sind Tom und Tina am liebsten, weil sie lustig sind und besonders viele interessante Geschichten kennen!", piepste die Maus.
„Das stimmt! Also los, worauf warten wir noch!", ermunterte sie der Specht.

Was ist eine Au?

Auen begleiten nicht nur die Flüsse, sie werden auch durch sie geschaffen! Ein Fluss schleppt und schiebt stets Sand, Kies und Geröll mit sich, das so genannte „Geschiebe“; außerdem den „Letten“, feine Tonteilchen, die im Wasser schweben und der Donau ihre Milchkaffee-Farbe verleihen. All dies lagert er ab, wo seine Fließgeschwindigkeit sinkt. Das ist in der Regel der Fall, wenn der Fluss durch eine Ebene fließt. Er spaltet sich dort in verschiedene Seitenarme auf, welche die Landschaft in Inseln zerteilen, sich wieder vereinigen und wieder trennen. Das Flussbett besteht also aus den eigenen, abgelagerten Geschieben, eine vielfältige Landschaft aus Land und Wasser ist entstanden, die rasch von Pflanzen besiedelt und von Tieren erobert wird.

Wenn im Frühjahr in den Bergen der Schnee schmilzt, oder im Sommer heftige Regen im Gebirge toben, dann schwellen die Zuflüsse an und der Fluss selbst führt nun Hochwasser, das die gesamte Au überschwemmen kann. Dabei nagt er seine eigenen Inseln an, lagert sie um und baut neue auf – die Landschaft verändert sich.

Die Vegetation, welche die Au bedeckt, muss daher hart im Nehmen sein, muss wochenlange Überschwemmungen ertragen und rasch neues Land besiedeln können. Auwälder sind also richtige Urwälder! Auch die Bodenpflanzen sind an Hochwässer angepasst und verstehen es, neu entstandene Geschiebe-Inseln rasch zu besiedeln.
Die Vielfalt an Lebensplätzen – man nennt das „Teil-Biotope“ – bewirkt eine hohe Vielfalt in der Vegetation, vom Schotterufer über abgeschnürte Wasserarme und nasse Senken bis zum Auwald, ja bis zu Heißländen, die nicht mehr vom Hochwasser erreicht werden. Daher ist die Au reich an überquellendem Leben, denn in ihrer vielgestaltigen Vegetation kann auch eine vielfältige Tierwelt leben. Die Au wird auch zum Rückzugsgebiet von Tieren, die aus der Kulturlandschaft längst vertrieben wurden.
An der Donau gab es fünf große Augebiete. Vier davon sind zu Stauseen für Wasserkraftwerke geworden; nur das letzte, zwischen Wien und Bratislava, konnte erhalten werden. Als „Nationalpark Donau-Auen“ wurde es nun für alle Zeiten unter Schutz gestellt.

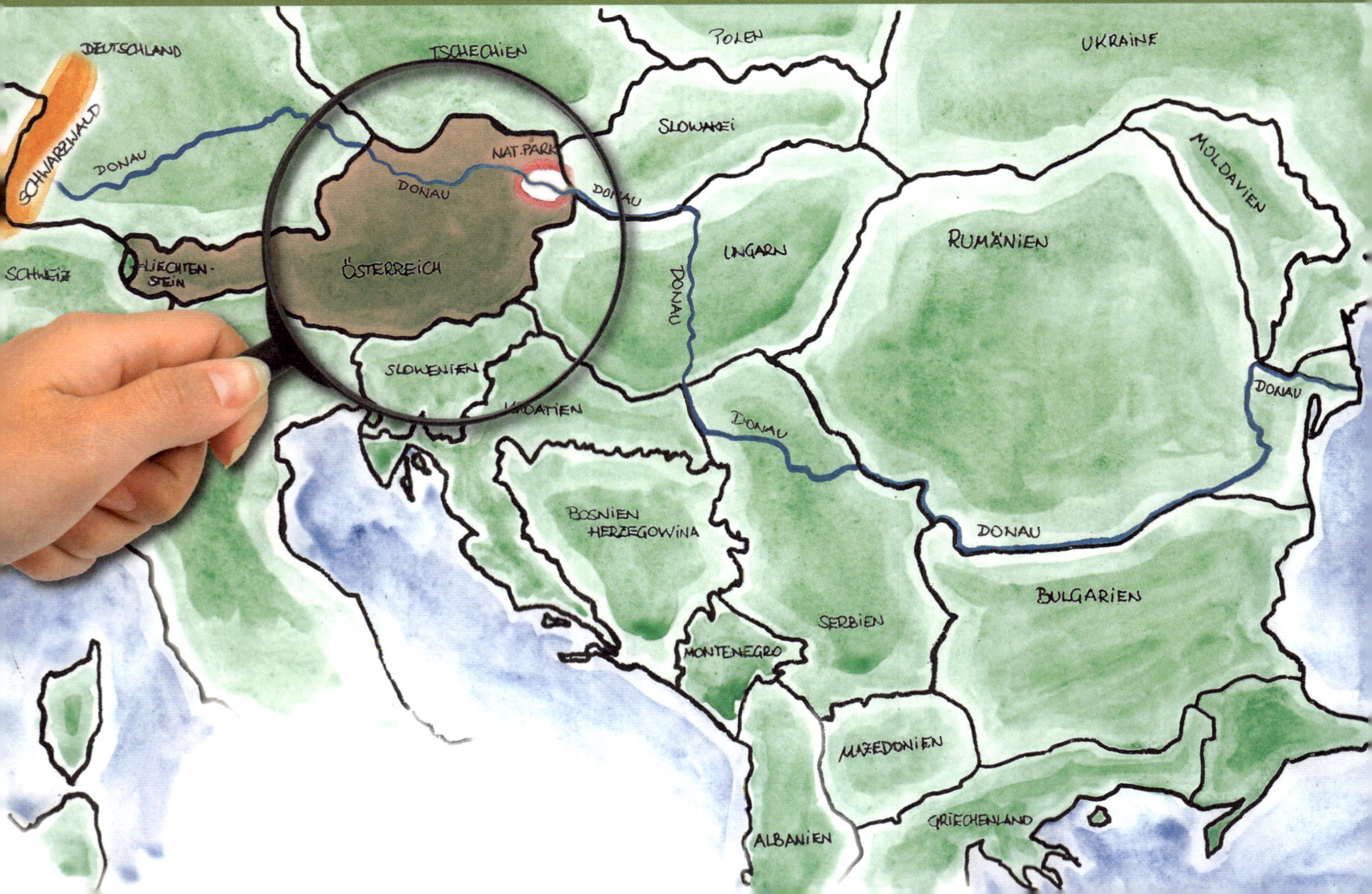

Was die Kinder von Tom und Tina wissen möchten:

Conny: Was ist eine Au?

Tom: Die Au ist ein Wasserwald. Das Wort „Au" stammt aus der mittelhochdeutschen Sprache, die vor langer Zeit einmal hier bei uns gesprochen wurde. „Ouwe" oder „Au" hieß „Wasser". Wasser und Wald ergibt „Wasserwald" – und ein Wasserwald ist unsere schöne Au wahrhaftig!

Mario: Gibt es hier viele Tiere und Pflanzen?

Tina: Freilich! Wir kennen etwa 5.000 verschiedene Tierarten und über 800 Arten von Pflanzen.

Fatma: Wieso heißen die Auen hier „Donau-Auen"?

Tom: Weil der Fluss, die Donau, direkt an ihnen vorbeifließt und sein Wasser in die Auen spült.

Jim: In welchem Land liegen die Donau-Auen?

Tina: In Österreich; genauer gesagt, in Niederösterreich; von der Bundeshauptstadt Wien bis Bratislava in der Slowakei.

Katharina: Ist die Donau ein großer Fluss?

Tom: Oh ja! Sie ist der zweitgrößte und zweitlängste Fluss in Europa.

Julian: Woher kommt sie?

Tina: Sie entspringt im Schwarzwald. Das ist in unserem Nachbarland, Deutschland.

Wan-Yu: Und wo fließt sie hin?

Tom: Sie fließt ins Schwarze Meer.

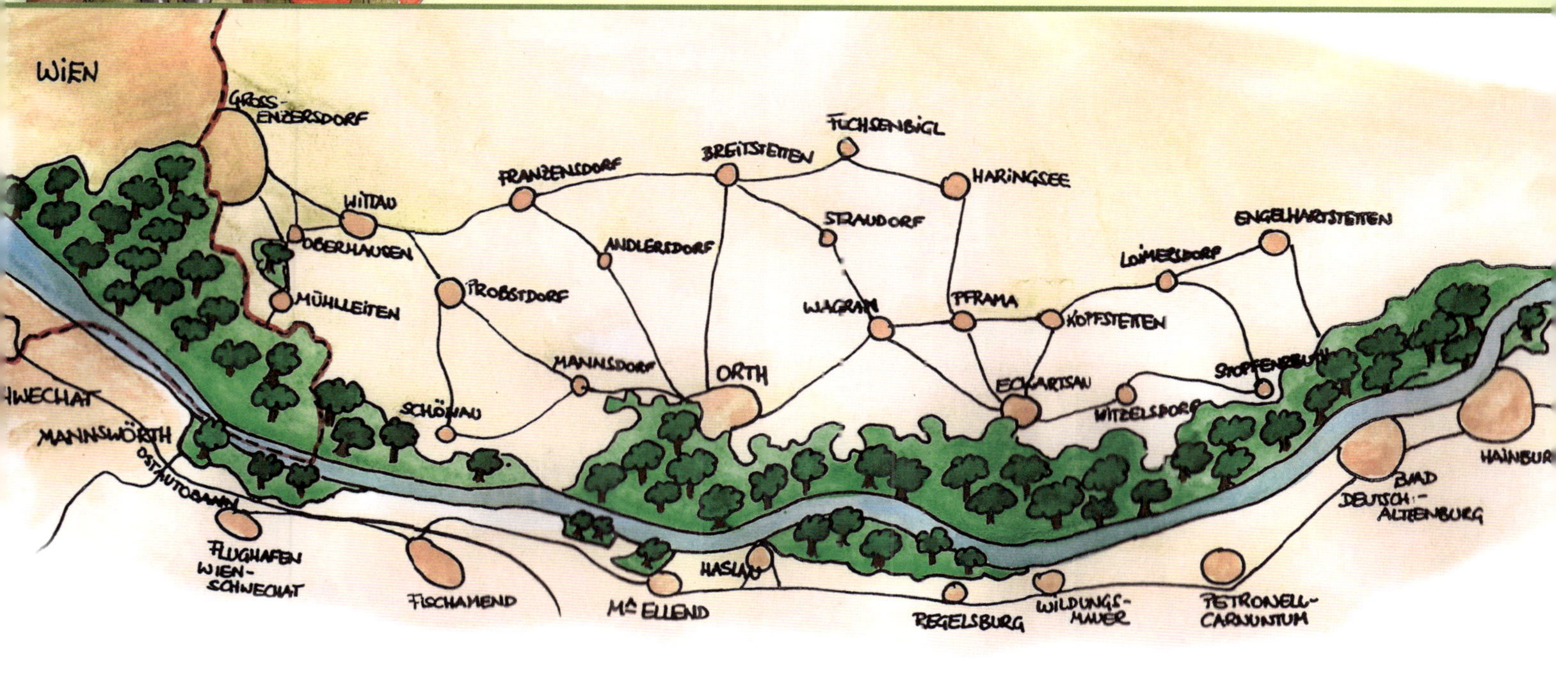

Im Frühlingswald

„A-a-ber", stotterte der Igel und sah die Maus verwundert an, „wie sieht es denn hier aus? Es sind keine Blätter an den Bäumen. Und wo kommen die vielen bunten Blumen her? Verstehst du das?"
„Aber freilich, Felix!", pfiff Kleo belustigt.
„Es ist Frühling!"
Felix nickte und schnappte sich einen vorbeikrabbelnden Käfer.
„Hunger! Wo sind die Regenwürmer!", schnaufte er und setzte sich in Bewegung.
Buntspecht Jakob flog den Stamm einer Weide an. Die winzigen Federchen auf seinem Kopf schimmerten purpurrot in der Frühlingssonne.
„Und? Wie weit sind die Knospen in den Baumkronen? Wieso beginnen die plötzlich zu wachsen?", erkundigte sich die Maus.
So genau kannte sich Jakob auch nicht aus.
„Fragen wir sie doch einfach!", schlug er vor.
„In uns schlummern die neuen Triebe", säuselten sie und wiegten sich leicht im Wind. „Der Baum gibt uns Leben. Seine Säfte sind unsere Nahrung. Durch sie werden wir größer und stärker.

Wir wachsen, wachsen, wiegen uns im Wind, bis wir Blätter, Zweige, Äste sind!"

„Warum sind die Blätter im Herbst überhaupt abgefallen?", schnuffelte der Igel. „Die hätten doch oben bleiben können!"
„Hätten sie nicht!", meldete sich die Pappel, vor der sie saßen. Sie blickten zu ihr auf.
„Warum nicht?"
„Weißt du das?", flüsterte die Maus ihrem Freund Jakob zu.
„Nein, keine Ahnung."
„Am besten, wir hören Tina zu", schlug Kleo vor und verkroch sich vorsichtshalber unter ein paar dürren Blättern.
„Gar so hell ist es jetzt im Wald", beschwerte sich Felix etwas später.

Die Laubbäume haben im Herbst die Blätter abgeworfen, weil diese im frostigen Winter zu viel Wasser verdunsten. Es kann ja aus dem gefrorenen Boden nicht nachgeschafft werden. Doch auf allen Zweigen stehen bereits die Knospen, aus denen im Frühjahr die neuen Zweige sprießen werden. Ein Vorteil der Blattlosigkeit: Viele Auen-Bäume blühen sehr früh und verlassen sich auf den Wind damit dieser den Blütenstaub von den männlichen zu den weiblichen Blüten weht, um sie zu befruchten. Und durch den blattlosen Wald wehen die Frühlingsstürme natürlich viel heftiger.
Die Knospen der Bäume und Sträucher, die ja schon im Herbst fertig angelegt werden, müssen in der kalten Jahreszeit Regen, Schneeregen, Schnee, tagelangen Nebel und frostige Luft aushalten. Sie brauchen daher Schutzeinrichtungen wie Knospenschuppen, Harz etc.

Rosskastanienknospe

Gelbsterne

Blausterne

Windröschen

„So ein Glück!" „Ein Glück!" „Ein Glück!" riefen viele zarte Stimmen. „Wieso?" Die Maus sah sich um und erkannte, dass es die kleinen Blumen waren, die von Glück sprachen; die Schneeglöckchen und die Gelbsterne. „Jetzt ist unsere Zeit", erklärte ein zartes Blausternchen. „Wir beeilen uns, denn wenn die Bäume einmal viel Laub tragen, bekommen wir zu wenig Licht. Dann ist es auch schon wieder vorbei mit uns!"

„Aber das ist Zauberei!", staunte die Maus, „eben war die Erde noch gefroren und auf einmal ist der Boden mit Blumen übersät!"

Zwiebel

Knolle

Erdstamm

Die vielen Blumen, welche im Frühlingswald so plötzlich auftauchen, sind natürlich nicht so geschwind aus Samen gekeimt! Sie haben unsichtbar unter der Erde überwintert, mit Teilen, die sie im Sommer mit Nährstoffen vollgestopft haben. Und diese treiben nun aus. Man nennt sie daher „Erdpflanzen".

ZWIEBELN sind so etwas wie unterirdische Knospen mit dicken Knospenschuppen, die Nährstoffe speichern – ganz so, wie es ja auch unsere Küchenzwiebel tut. Zwiebeln haben zum Beispiel das Schneeglöckchen und der Bärlauch.

KNOLLEN sind einfach dicke Nährstoffpakete, du kennst so etwas ja von unserer Kartoffel. Knollen haben zum Beispiel die Feigwurz (= das „Scharbockskraut"), der Hohle Lerchensporn und die Herbstzeitlose.

ERDSTÄMME sind so etwas wie ein in der Erde liegender fester, saftiger Stamm, der viele Knospen trägt, die dann nach oben austreiben. Erdstämme sind häufiger als die anderen beiden, zum Beispiel haben Maiglöckchen, Girsch, Weißwurz und das gelbe Windröschen solche Erdstämme.

„Ja, meine Liebe“, richtete sich ein Schneeglöckchen an sie, „glaubst du, wir haben seit dem letzten Frühjahr geschlafen? Nein! Wir haben brav Nährstoffe ...

... in unseren unterirdischen Teilen gesammelt und besitzen dort sogar einen eigenen Speicher! Und, siehst du, kaum ist die richtige Zeit für uns gekommen, haben wir so viel Kraft, dass wir schnell aus dem Boden wachsen können!“

Schneeglöckchen

Frühblüher müssen sich durch den noch harten Boden quetschen. Das Schneeglöckchen verwendet dazu den stark gekrümmten Blütenstiel, einen richtigen Buckel, zusammen mit dem spitzen „Tragblatt“, das ist jenes Blatt, das am Stängel einzeln in die Höhe steht.

Die Blüte hängt nach unten; so regnet es nicht hinein, der Blütenstaub bleibt trocken.
Wenn man die Blüte hebt und ihr „ins Gesicht“ schaut, dann sieht man die Staubblätter, die den Pollen (= Blütenstaub) enthalten, als gelbe, zugespitze Kegel, die unten ein Loch haben.
Sie sind wie Pfefferstreuer gebaut. Und wie diese geben sie ihr Pulver nur ab, wenn man darauf klopft. Das können Hummeln aber nicht!
Also fliegen sie in die Blüte und schwirren heftig mit den Flügeln. Das erschüttert die Staubblätter und der Pollen rieselt heraus. Und das hört man: Statt des normalen Summens hört man ein lautes Brummen, sobald die Hummel in die Blüte eingedrungen ist. Daher spricht man von „Brumm-Bestäubung“.

„Ganz so einfach ist das auch wieder nicht!“, warf Schneeglöckchens Nachbarin ein. „Man muss sich ganz schön plagen, bis man als zartes Blümchen die harte Erde durchstoßen kann!“
„Hallo, Maus!“, rief jemand.
„Schau, schau, ihr seid auch wieder da!“, freute sich Kleo und machte vor einer rosa Schuppenwurz Halt. „Schön ist es hier bei uns im Frühlingswald, nicht wahr? Alles wird langsam grün. Aber da fällt mir auf: du hast deine Blätter vergessen!“
„Nein, habe ich nicht! Ich habe sehr wohl Blätter, nur sind die nicht grün!“
„Wieso nicht?“
„Das weiß ich auch nicht so genau, aber, wie ich dich kenne, findest du sicher gleich jemanden, der dir das erklären kann!“

Schuppenwurz

Die Schuppenwurz ist ein echter Parasit. Das heißt, sie bezieht ihre Nährstoffe aus einem „Wirt“. In diesem Fall sind es die Wurzeln der Bäume, an denen sie sitzt.

Sie besitzt daher überhaupt kein Blattgrün (das bei den anderen Pflanzen den Zucker herstellt), man sieht auch keine Blätter. Diese sind, wie bei Zwiebeln dick und saftig, vollgepfropft mit Nährstoffen.

Sie bezieht sie aus ihrem Wirtsbaum: Sie zapft seine Saftleitungsbahnen an, die im Frühjahr den Zucker aus den Wurzeln nach oben führen und stopft ihre Speicherblätter unter der Erde voll, denn sie müssen ja für ein ganzes Jahr reichen.

Erst nach 10 Jahren treibt sie zum ersten Mal ihre Blüten ans Tageslicht: Ein rosaroter, spargelartiger Stängel, dicht mit nickenden Blüten besetzt. Im blattlosen Frühlingswald sind die Grüppchen aus Blütenschäften weithin zu sehen und werden von Hummeln besucht, die stark genug sind, ihre engen „Maskenblüten“ zu öffnen.
Danach verwelken sie und sind nach wenigen Tagen vollkommen verschwunden. Sie leben nur unterirdisch weiter.

„Was doch im Verborgenen unter der Erde alles geschieht!“, wunderte sich Kleo.
Da hörte sie ein Geräusch.
„Hallo, Jakob! Felix! Aufgepasst! Die Menschen kommen!“, rief sie ihren Freunden zu.
„Was tun die hier?“, brummte der Igel.
„Sie wandern durch unsere schöne Au, schauen sich die Frühlingsblumen an und wollen möglichst viele Tiere sehen!“
„Mich nicht!“ Felix versteckte sich schleunigst in seinem Laubhaufen, der ihn im Winter so gut vor Kälte geschützt hatte.
„Jetzt muss ich mich aber gehörig anstrengen, damit ich mit ihnen mitkomme“, piepste Kleo.
„Warum tust du dir das an?“, wunderte sich der Specht.
„Weil ich alles wissen und alles lernen will über unsere schöne Au“. „Aber warum?“
„Einfach so!“, piepste Kleo und flitzte weg. Dass sie etwas ganz Besonderes vorhatte, weil sie ja schließlich ein ganz besonders Mäuschen war, das verriet sie nicht; noch nicht. Sonst wäre es ja kein Geheimnis mehr.
Sie lief der Gruppe nach so schnell sie konnte, schnaufte dabei und war heilfroh, dass Tom endlich stehen blieb:
„Schaut nur, was es hier zu sehen gibt!“, freute er sich.

Ölkäfer

Alle drängten sich um ihn. Hatten sie ein Reh oder einen Hasen erwartet, wurden sie enttäuscht.
Über den Weg kroch nämlich ein schwarzer Käfer.
„Was ist das für einer?“
„Das ist ein Ölkäfer!“

„Wie, ein Ölkäfer?“, wunderte sich ein Bub.
Er dachte an das Öl, das sein Papa immer in Autos füllte. Ob das vielleicht gar von Ölkäfern stammt, die man dafür in großen Mengen züchtet?

„Schaut, da ist noch ein solcher Käfer!“, rief ein Bub begeistert, bückte sich ganz schnell und hob ihn hoch; aber er war nicht geschickt genug.
„Oh nein!“, pfiff Kleo entsetzt, „jetzt lässt er ihn fallen!“ Zum Glück hielt Tom noch blitzschnell seine Hände darunter. Dadurch war nichts passiert.
„Bitte nehmt Insekten nicht in die Hand!“, ermahnte er die Kinder. „Ihr könnt sie beobachten, aber Hände weg davon!“
Der Ölkäfer ärgerte sich: „Weil sie alles angreifen müssen!“, knurrte er beleidigt, „aber ich werde es ihnen schon zeigen!“
Damit presste er einen gelben Tropfen aus seinem Beingelenk.
Alle erschraken.

Tom erzählte ihnen, worum es dabei ging:
Im Volksmund wird der Käfer auch „Maiwurm“ genannt, weil er einen nackten, wurmartigen Hinterleib und nur Stummelflügel hat. Der große, schwere Käfer kann also nicht fliegen, nur zu Fuß gehen.
Dieser stahlblau schimmernde Käfer ist eines unserer eindrucksvollsten Insekten. Das Weibchen wird fast 6 cm groß. „Ölkäfer“ heißt er, weil er, wenn er bedroht wird, in Schreckstarre fällt und aus den Gelenken des Körpers ölartige gelbe Tropfen auspresst.

Diese aber sind giftig. Sie enthalten ein schweres Gift (namens Cantharidin), das uns töten könnte, wenn wir den Käfer äßen! Aber auch das Berühren allein kann Probleme machen, da es die Haut verätzt und Ausschläge erzeugen kann.
Daher bitte: Ölkäfer still bewundern, ihnen zuschauen, aber nicht in die Hand nehmen!
Merke:
Männchen und Weibchen sind leicht zu unterscheiden:
Die Weibchen haben einen großen, plumpen Körper, der mit Tausenden Eiern gefüllt ist. Die brauchen sie, weil sie eine sehr komplizierte Entwicklung durchmachen. Die Larven sind winzige braunschwarze „Würmchen“, die auf gelbe Blüten der Bodenpflanzen klettern und dort auf wilde Bienen warten, in deren Bau sie ihre Entwicklung durchmachen. Nur wenige Junge kommen durch.
Die Männchen haben einen spitzeren, schlankeren Körper und – vor allem – einen Knick in den Fühlern. Man spricht von „geknickten“ Fühlern.
Die Männchen erzeugen das Gift und übergeben es bei der Paarung dem Weibchen, damit es die Eier schützt. Die meisten Vögel hüten sich, einen Ölkäfer zu fressen.

„Dieser hier ist ein Männchen", stellte Tom fest. „Die Weibchen sind größer und recht dick. Wer weiß warum?"
„Weil sie viel fressen!", erklärte ein Mädchen.
„Weil sie Junge im Bauch haben!", schlug ein anderes Kind vor.
„Nicht ganz. Ölkäfer bringen keine lebendigen Jungen zur Welt: sie legen Eier. Was glaubt ihr, wie viele?"
„50!"
„20!"
„90!"
Tom lächelte: „Es sind einige tausend!"
„Potz Mause-Blitz!", sorgte sich Kleo, „da wird es bald überall von Ölkäfern wimmeln!"
Wie viele ‚einige tausend' sein mochten, konnte sie sich zwar nicht vorstellen, wohl aber, dass es sich um sehr viele handeln müsse.
Als ob Tom die Maus verstanden hätte, erklärte er: „Von den Eiern bis zu den fertigen Käfern liegt ein langer Weg mit vielen Gefahren. Deshalb werden nur wenige tatsächlich zu Ölkäfern."
Das beruhigte Kleo wiederum.

Keiner hätte gedacht, dass es über einen kleinen, schwarzen Käfer so viel zu erzählen gibt.
„Wir machen jetzt Pause!", verkündete Tom. „Wenn ihr wollt, könnt ihr zu euren Broten Bärlauchblätter essen. Aber Achtung! Sehr wichtig! Passt beim Pflücken ganz genau auf, dass ihr keine Blätter von Maiglöckchen oder Herbstzeitlosen erwischt, denn die sind giftig!

Giftige Doppelgänger

Tom erklärt es nochmals, sehr eindringlich:
Der Bärlauch, der ab April den Waldboden bedeckt, ist ein sehr gesundes Wildgemüse, wird daher gerne gesammelt. Er schmeckt und riecht nach Knoblauch, daher nennen ihn viele den „Wilden Knofel". Seine Zwiebeln sind länglich und werden oft mit den Blättern ausgerissen, wenn der Boden weich ist.

Aber Achtung! Fast gleichzeitig kann man auf die Blätter zweier ähnlicher Pflanzen stoßen, und diese sind giftig! Es sind das Maiglöckchen und die Herbstzeitlose, die zwar im Herbst blüht, im Frühling aber ihre Blätter hervorbringt.

Merke: Bärlauchblätter stehen einzeln an einem langen Stiel, ihre Oberseite glänzt wie eingeölt, die Unterseite ist seidig matt.

Maiglöckchenblätter stehen stets zu zweit, von einem dünnen Häutchen umfasst. Sie glänzen an der Unterseite, dafür ist die Oberseite matt-dunkelgrün.

Die Blätter der Herbstzeitlose sind klatschgrün, spitz, kommen immer eng gedrängt im Büschel aus der Erde. Nur am Anfang ähneln sie den anderen beiden, später werden sie viel größer und dadurch unverwechselbar.

Vorsicht: Man glaube nicht, dass man Bärlauch ja riechen muss! Nach den ersten abgerissenen Blättern riechen die Hände nach Knoblauch. Es nützt also nichts, an anderen Blättern zu schnuppern!

Jakob kam aufgeregt angeflogen.
„Ein Specht! Ein Specht", freuten sich die Kinder.
„Großer Buntspecht, bitte!", korrigierte Jakob im Fliegen, aber es hat ihn natürlich wieder niemand verstanden. „Kleo, komm!", krächzte er laut.
„Du musst ganz schnell kommen!"
„Warum denn das?"
„So komm schon! Jemand macht sich in deinem Nest breit!"
Die Maus machte blitzschnell kehrt und sauste zu ihrem Bau.
„Mein schönes, weiches Nest!", schimpfte sie.
„Wer wagt es, mir mein Nest wegzunehmen! Das ist unerhört! Na warte!" Mit einem Satz sprang sie vor ihr Mausloch und prallte entsetzt zurück: Ein schweres, brummendes Insekt schwirrte ihr entgegen. Das klang gefährlich! Sehr gefährlich.
Kleo versteckte sich und sah klopfenden Herzens zu, was da vor sich ging. Das haarige Ding brummte:

„Dieses, und das steht jetzt fest,
wird mein neues Hummelnest!"

Drohend stellte sich Kleo auf ihre Hinterbeinchen, sodass sie richtig groß und Furcht erregend aussehen musste, und pfiff entschlossen:

„Dieses, und das steht jetzt fest,
*wird **nicht** dein neues Hummelnest!"*

„Wieso, hast du vielleicht hier gewohnt?", wunderte sich der Eindringling.
„Was soll das heißen! Ich wohne immer noch da! Und jetzt auf Wiedersehen!", fiepte Kleo zornig.
„Du musst mich auch verstehen", summte der ungebetene Gast. „Ich komme aus meinem Winterquartier und suche dringend einen guten Platz, an dem ich einen Hummelstaat gründen kann. Ich bin nämlich eine Königin!"
„Ja, freilich! Du und Königin!"
„Aber ja, doch! Ich werde eine Wabe bauen, Eier legen und viele Nachkommen haben. So werden wir zu einem großen Staat heranwachsen. Du wirst es erleben!"
„Werde ich nicht!", entschied Kleo energisch.

Hummel

„Also gut, dann suche ich mir eben ein anderes Quartier. Auf Wiedersehen. Wir werden einander schon noch das eine oder andere Mal begegnen, denn ich gehöre zu den ersten Fliegern im Frühling."
„Wie kommt das eigentlich?", überlegte die Maus.
Die Antwort kam von Tina, die wieder mit einer Wandergruppe unterwegs war.
„Schaut, eine Hummel!", freute sie sich.

„Mach's gut!", rief ihr die resolute Maus nach. „Jetzt, wo wir uns verstanden haben, können wir ja vielleicht Freunde sein!"
„Freunde!", surrte die Königin eines neuen Hummelstaates.

Während Kleo zufrieden an einem Nüsschen knabberte, fiel ihr eine Blüte auf, in deren gelbem Blütenkörbchen winzige Lebewesen zappelten. „Nanu, wer seid denn ihr?", fragte sie.
„Wir sind die Kinder der Ölkäfer!"
„Nein, nein! Das kann nicht sein. Denen seht ihr wirklich nicht ähnlich!"

Tina weiß noch mehr über die Hummeln:

Hummeln sind nahe mit den Bienen verwandt. Wie diese haben sie eine Zunge, um Nektar aufzulecken, wie diese sammeln sie mit den Körbchen ihrer Hinterbeine Blütenstaub. Und wie diese leben sie in Völkern zusammen, in denen es nur 1 Weibchen, die so genannte „Königin", gibt. Diese lebt mehrere Jahre, die anderen, die Arbeiterinnen, nur einen Sommer. Sie bauen auch Waben, aber viel kunstloser als die Honigbienen. Und sie legen ihre Nester mit Vorliebe in verlassenen Mausnestern an, in denen das Weibchen auch gerne überwintert.
Hummeln sind größer und pelziger als Bienen. Aber Hummeln können noch mehr: Sie können ihre Köperwärme regulieren! Sie können rasch ihre Flugmuskeln aufwärmen und damit auch an kalten Tagen und im kalten Hochgebirge fliegen, wenn die Bienen längst im Stock verharren müssen, wo die Bewegung aller die Wärme im Stock erhält. Wird es zu heiß, dann lassen Hummeln das Blut in den Hinterleib strömen, der als Kühler wirkt. Wird es zu kalt, dann sperren sie diesen ab, damit die Flugmuskeln, die in der Brust sitzen, nicht kalt werden.

„Sie kann schon fliegen, obwohl es noch so kalt ist. Wie das möglich ist? Sie hat eine höhere Körpertemperatur als viele andere Insekten. Dadurch ist sie sehr beweglich und kann Blüten schon bestäuben, bevor noch andere Insekten unterwegs sind.
Das ist für die Pflanzen wichtig!"
„Wichtig! Wichtig!", summte die Hummel stolz.

„Jetzt noch nicht, aber mit der Zeit ...!"
„Und wenn schon, was tut ihr in dieser Blüte?"
„Warten."
„Warten? Worauf?"
„Auf jemanden, der uns abholt!"
„Wer sollte denn das sein?"
Das erklärte Tom genau.
„Was es alles gibt!", pfiff die Maus danach.

Tom kann das Rätsel aufklären:

Aus den vielen Eiern des Ölkäfers schlüpfen viele kleine Larven, die wie Würmchen aussehen. Sie klettern auf eine Blüte, zum Beispiel des Scharbockskrauts, klammern sich an die Staubblätter und warten auf eine Erdbiene. Diese Bienen bilden keine Völker. Sie leben allein in Erdlöchern und füttern darin ihre Larven mit Honig. Ölkäferlarven lauern auf so eine Biene, um sich an ihr anzuklammern. Sie fliegen dann mit ihr in die Höhle, bleiben dort vor Wind und Wetter geschützt und tun sich am Honig gütlich, ja knabbern auch die eine oder andere Erdbienenlarve an. Über den Winter sind sie verpuppt, um im nächsten Frühjahr als ausgewachsene, plumpe Käfer durch die Au zu wandern. Ein Wunder, dass bei dieser komplizierten Vermehrung überhaupt ein paar Larven durchkommen!

Ölkäferlarven

Am nächsten Morgen war Kleo wieder unterwegs. Sie hatte gehört, dass es im Frühlingswald Blumen geben soll, die rosa und blaue Blüten gleichzeitig hätten. Das musste sie sehen. Igel Felix begleitete sie.

Am Waldrand überraschte sie ein üppig blühender, gelber Kornelkirschen-Strauch.

Viele Insekten umschwirrten ihn. Ihr Summen war deutlich zu hören. Da kamen Menschen des Weges.

Die Kinder hüpften voraus und riefen voll Begeisterung:

„Schau, Mama, das ist etwas für die Vase! Das nehmen wir mit!"

„Nein!", schrie die Maus und Felix unterstützte sie.

„Lasst uns die Blüten!", summten die Bienen aus Leibeskräften und flogen den Menschen entgegen, als ob sie sie aufhalten wollten. „In ihnen finden wir unser erstes Futter! Das brauchen wir!"

Tom zeigt nach oben:
Die gelben Blütenbüschel, die nun überall aus der grauen Au leuchten, gehören zur Kornelkirsche, auch „Dirndl" genannt. Momentan sind sie die einzigen Blüher; Insektenbesuch zur Bestäubung ist ihnen damit sicher. Übrigens werden aus den Blüten im August längliche, blutrote, kirschenartige Früchte, die sehr sauer schmecken.
Man kann aber tolle Marmeladen und Säfte aus ihnen machen!

Menschen können das Summen von Bienen nicht verstehen. Aber das war auch gar nicht nötig, denn die Mutter hielt die Kinder zurück und erklärte:
„Ihr sollt die Zweige nicht abbrechen. Auch Palmkätzchen nicht. Die Bienen brauchen sie! Wir wollen uns daran freuen und uns zu Hause erinnern, was wir Schönes gesehen haben."
Kleo und Felix atmeten auf und die Insekten kehrten wieder zu den Blütenkelchen zurück. Allerdings gab es da noch einige Vögel, denen die Aufregung rund um den Kornelkirschen-Strauch auch aufgefallen war. „Im Herbst trägt dieser Strauch rote Früchte", zwitscherten sie den Menschen aufgeregt zu, „die brauchen viele von uns!" Zum Glück war die Gefahr nun gebannt. Darum flogen sie auch gleich weiter.
Der Igel war während des Vorfalls ins Gebüsch geflüchtet. Was fiel ihm auf einem sonnigen Fleckchen gleich auf? Die Blume, die die Maus so gerne sehen wollte!

„Komm, Kleo, ich habe eine Überraschung für dich!", rief er fröhlich.
Da freute sich die Maus! Die Pflanze trug tatsächlich blaue und rosa Blüten!
In dem Moment kam eine Biene vorbei:
„Bin so schwach! So schwach!", summte sie.
„Ich brauche dringend Nektar!"
„Bitte schön, greif zu! Da steht eine wunderschöne Blume!", ermutigte sie Kleo. „Schau, diese Blüten sind so schön blau!"
„Das ist es ja gerade!", entgegnete die Biene enttäuscht, „die blauen Blüten zeigen an, dass schon jemand vor mir da war und den Nektar herausgeholt hat."
„Und die rosa Blüten?"
„Die wären fein, aber die sind leider noch fast geschlossen."
„Das stimmt allerdings! Was machen wir denn da?" Plötzlich flog „wumms" ein dickliches, wolliges Geschöpf vorbei und landete punktgenau auf einer der begehrten rosa Blüten.

Lungenkraut

Tina könnte einiges dazu sagen:

„Hänsel und Gretel", nennt der Volksmund das Lungenkraut, das schon zeitig im Frühjahr seine Trichterblüten öffnet. Und diese sind manchmal rosa, manchmal blau.
Warum?
Ganz einfach: Wenn sie aufblühen, sind sie rosa. Wenn sie schon bestäubt wurden, färben sie sich blau. Vielleicht, damit die Bienen und Hummeln schon an der Farbe sehen, dass hier nichts mehr zu holen ist? Wir wissen es nicht.
„Lungenkraut" heißt es wegen seiner fleckigen Blätter, die die Menschen im Mittelalter an eine Lunge erinnerten. Damals glaubte man, dass die Pflanzen dem Menschen anzeigten, wofür sie gut sind, und hielt das Lungenkraut für ein Lungenheilmittel. Heute wissen wir, dass „Hänsel und Gretel" zwar als Heilmittel gegen Heiserkeit und Halsweh dienen kann, der Lunge bringt es nichts.

Wollschweber

Tom kennt natürlich diesen hübschen, pummeligen Flieger:
Wollschweber gehören zu den Fliegen, sehen jedoch eher einer kleinen Hummel ähnlich; daher heißen sie auch Hummelschweber. Mit einem sehr langen, steifen Rüssel (sie können ihn nicht wie Schmetterlinge einrollen) zielen sie sehr genau auch in enge Blüten und saugen Nektar.
Sie sind stark behaart und sehen aus wie fliegende „Puderquastln". Ihre Flügel sind bräunlich gemustert, und nur wenn sie einmal auf einer Blüte oder einem Blatt ausruhen und sich sonnen, kann ein geschickter Beobachter sehen, dass sie nur zwei Flügel haben, wie alle Fliegen.
Hummeln dagegen haben vier.
Die herzigen Tiere werfen zur Vermehrung ihre Eier im Flug sehr geschickt in das Eingangsloch einer Wildbiene. Die Larven schlüpfen und ernähren sich von den Wildbienenlarven, sind also echte Parasiten; Schmarotzer.

„Schau, die ist mir zuvor gekommen!", jammerte die Biene.
„Vielleicht geht es ihr ja so wie dir, und sie kommt nicht in die Blüte hinein! Aber, oh nein, ich glaube es nicht: Hast du so etwas von einem langen, dünnen Rüssel schon gesehen? Mit dem ist das natürlich kein Kunststück! Liebes Bienchen, es wird dir nichts anderes übrig bleiben, als dir eine andere Blume zu suchen. – Viel Glück!", rief ihr Kleo nach.
Während der folgenden Tage wurde es rasch wärmer. Die Spechte trommelten im Wald.

Buntspecht beim „Trommeln"

Schwarzspecht

Grünspecht

„Die machen aber einen Krach!", brummte Felix mürrisch. „Warum tun die das? Ich trommle ja auch nicht, und wie geht das überhaupt?"
„Lieber Felix", hörte er und war erstaunt, plötzlich einen großen, schwarzen Specht vor sich zu haben.
„Er ist ein Schwarzspecht!", klärte ihn die Maus schnell auf.
„Wenn ein Specht trommelt, heißt das: ‚Das ist mein Revier!' Außerdem hören die Weibchen am Klopfen, welches Männchen das Stärkste ist. Wenn man stark trommelt, hat man also eine größere Chance. Dann zeigt man ihr seine fertige Nisthöhle…"
„Hast du schon eine?"
„Natürlich; komfortabel groß und geschützt; besser geht es nicht."
„Und gibt es etwa schon eine Specht-Frau, die sich dafür interessiert?"
„Und ob!", verkündete der Schwarzspecht. „Deswegen muss ich auch gleich weiter!"

„Was suchst du denn da?", forschte Kleo, weil der Igel schon die längste Zeit vor einem Loch kauerte und hineinschnüffelte.
„Ich weiß nicht, was ich davon halten soll", brummte er irritiert.
„Lass schauen!"

In dem Loch war eine runde, weiße Scheibe zu erkennen. Aber nicht nur das. Das merkwürdige Ding machte ein Geräusch. Es knisterte und knackte. Kleos Herz schlug schneller.
„Potz Mauseblitz! Was wird das jetzt!", flüsterte sie, als sich die Scheibe ganz langsam an den Rändern löste und zur Seite fiel. Zurück blieb ein dunkles Loch. Aber nicht genug damit, aus dem Loch kam allmählich etwas zum Vorschein; etwas, das sich dehnte, streckte, das tastete, suchte, länger wurde, noch länger!
„Oh nein! Hilfe! Ein Ungeheuer!", pfiff die Maus und machte einen Satz zurück. Auch dem Igel war nicht wohl zumute.

Jetzt bewegten sich auch noch Erdkrümmel rund um das Ding. Langsam kam eine Schnecke zum Vorschein. Sie fuhr vier Fühler aus; zwei davon trugen Augen. Die Maus war zwar immer noch auf der Hut, aber dass es sich hier doch um kein Ungeheuer handelte, war ihr inzwischen klar. „Hallo du da!", piepste sie leise.

Die Langsame reagierte nicht.
„Hallo du da!", rief Kleo jetzt lauter. „Wer bist du?"
„Siehst du doch! Ich bin eine Weinbergschnecke."
Vorsichtig zog sich das Tier aus seinem Loch, sodass bald sein ganzer, langer Körper, mit dem prächtigen Haus auf dem Rücken, zum Vorschein kam.

Weinbergschnecke mit Deckel

Weinbergschnecke

Weinbergschnecken verbringen den Winter im Boden tief unter dem Falllaub, wo sie der Frost nicht erreicht. Doch damit sie nicht austrocknen, scheiden sie im Herbst einen Kalkdeckel aus, der die Schale verschließt. Auch können dann neugierige Fresser wie Käfer oder Ameisen nicht eindringen und die schlafende Schnecke fressen.

Wieso haben Schnecken seitlich ein großes Loch, das sogar auf- und zugehen kann?
– Es ist ihre Atemöffnung!

Wir sind es so gewohnt, dass wir, die Säugetiere und die Vögel, durch den Mund atmen. Daher können wir uns nicht vorstellen, dass andere Tiere es anders machen. Schnecken haben seitlich unter der Haut einen großen Hohlraum (die Gehäuse-Schnecken direkt unter der Schale), dessen Wand wie unsere Lunge funktioniert, also Sauerstoff ins Blut aufnimmt und Kohlenstoffdioxid abgibt. Daher das seitliche Atmungsloch. Allerdings wird durch dasselbe Loch auch der Kot nach außen abgegeben. Andere Tiere – andere Bauart!

„Wohin jetzt?", wollte Felix von der Schnecke wissen. „Ich suche, suche meine Freunde, denn jetzt kommt der Höhepunkt meines Lebens." „Und zwar?" „Ich möchte mich paaren, Eier legen und sie vergraben. Kaum wacht man auf, hat man schon so viel zu tun."

„Und was machst du den Rest des Jahres?", interessierte Kleo.
„Fressen. Und das werde ich jetzt auch gleich tun. Auf Wiedersehen!"
„Aber nein, halt! Es wird doch gleich finster."
„Das macht uns Schnecken überhaupt nichts. Wir riechen unsere Nahrung auch in der Dunkelheit!"
„Was du nicht sagst! Hmm …", überlegte die Maus, „vielleicht kann ich dich ja einmal brauchen."
„Mich brauchen? Wozu?"
„Als Hilfe!"
„Mich langsames Wesen?"
„Ja, doch. Auch die Langsamen sind wertvoll. Die eignen sich nämlich sehr gut zum Beobachten; um etwas auszukundschaften vielleicht!"
„Jetzt fängst du schon wieder an, Kleo! Wozu diese geheimen Andeutungen? Was hast du vor?"
„Das verrate ich dir nicht, mein lieber Felix!", pfiff das Mäuschen listig, „noch nicht!"

Nachdem Kleo ein Stückchen gehüpft war, legte sie eine kleine Pause ein, um auf Felix zu warten. Er tat sich schwer, mit ihrem Tempo mitzukommen. Normalerweise laufen Igel nicht so weite Strecken, aber in diesem Fall bemühte er sich eben. Ob er geahnt hat, dass alles, was er mit der Maus zusammen erlebte, für sie und für viele andere Tiere einmal wichtig sein würde?
„Hops!", hüpfte Kleo über eine Nacktschnecke. Dort eine, da eine; Schnecken überall; allerdings ohne Haus.
„Also, unscheinbar seid ihr gerade nicht!", machte sich die Maus Luft. „Euch trifft man überall!"

Unsere Landschnecken sind Zwitter, also Männchen und Weibchen zugleich. Trotzdem befruchten sie sich gegenseitig, müssen also eine Partnerschnecke finden. Sie legen dann die Kriechsohlen zusammen und eine, manchmal auch beide, spielen „Männchen" – das heißt, sie geben Spermien in die Geschlechtsöffnung des Partners ab, wo sie einige Wochen aufbewahrt werden.

Erst müssen sie sich aber anregen:
Die Schnecke, die gerade Männchen „spielt", stößt einen winzigen, spitzen Kalkpfeil in den Köper der anderen, vermutlich um sie bereit zu machen, die Spermien aufzunehmen.
Im Köper der Schnecken findet dann die Befruchtung statt und die Eier werden abgegeben. Sie graben dazu eine Erdhöhle und legen sie hinein. Wenn die kleinen Schnecken schlüpfen, tragen sie bereits ein winziges Schneckenhaus!

Schneckenpaarung

Nacktschnecke

„Warum auch nicht?“, entgegnete eine von ihnen. „Wir haben fast keine Feinde. Darum gibt es so viele von uns. Im Wald geht es uns außerdem sehr gut. Hier gibt es so viele welke Blätter, die man abraspeln kann. Wer allerdings das Höchste in seinem Schneckenleben erreichen will, der sollte sich bis zu den Gemüsebeeten der Menschen durchschlagen. Salat und andere Köstlichkeiten sind das Coolste, was man sich vorstellen kann!“

„Damit haben die Menschen aber wahrscheinlich keine Freude!“

„Nein, natürlich nicht! Aber – ha, ha – sie sind machtlos gegen uns!“

„Sag das nicht! Sie haben euch den Kampf angesagt und Indische Enten in ihre Gärten gesetzt, die euch – ratzeputz – verschlingen!“

„Da ist dir aber was entgangen, kleines Mäuschen!“, lachte die Nacktschnecke.

„Die indischen Enten gehen denen mittlerweile ganz schön auf die Nerven, weil sie nämlich auch den Rest des Gemüses in ihren Beeten vertilgen und die Erdbeeren obendrein! Ha, ha, ich lach mich tot!“

„Mit so jemandem rede ich nicht!“ Die Maus rümpfte die Nase und hüpfte davon. Igel Felix machte sich allerdings Gedanken:

„Woher weiß diese Maus so viel und warum tut sie oft so geheimnisvoll?“

Kleo suchte sich dort und da ein Körnchen. Dabei traf sie einen Grünfinken.

„Die Sträucher sind voll von Gespinsten!“, beklagte er sich.

„Warum passt dir denn das nicht?“, wunderte sich die Maus.

„Weil es darin vor Raupen nur so wimmelt, die – knatter, knatter, knatter – alle Blätter abfressen.“

„Dann friss die Raupen halt einfach!“

Gespinstmotten

„Bäähh, grauslich! Gespinstmotten mag keiner!“ Der Maus waren diese krabbelnden Würmchen eigentlich egal. Darum lief sie weiter.

Die Sonne schien warm vom Himmel, aber der Wind wehte weiße, flockenartige Gebilde daher; mehr und immer mehr. Sie wirbelten durch die Luft, fingen einander und drehten sich in Büscheln weiter, weiter, weiter. Plötzlich rief es von allen Seiten: „Es schneit! Es schneit! Es schneit!“

Vor allem auf Traubenkirschen und Pfaffenkäppchen finden sich oft große Gespinste. Wer sie hergestellt hat? Ein Blick ins Innere genügt: Da wuseln kleine, gelbe Raupen mit schwarzen Punkten in Massen vor sich hin und fressen die Blätter innerhalb der Gespinste ratzekahl. Dann bauen sie ihr Gespinst um den nächsten Zweig und fressen diesen kahl. Ganze Büsche können sie entlauben. Es sind die Larven der Gespinstmotte, eines etwa 1 cm kleinen Schmetterlings, der die schwarz-weiß gemusterten Flügel im Sitzen dachartig zusammengelegt trägt. Er sieht wie aus feinem Filz gefertigt aus.

Trotz seines Namens braucht man nicht zu fürchten, die Raupen könnten an die Kleider im Kleiderschrank gehen! „Motten“ ist nur ein allgemeiner Name für Kleinschmetterlinge, und zu denen gehören auch die Kleider- und Mehlmotten. Dem Strauch schaden die Räupchen nicht, denn auch wenn er heuer kahl gefressen wird, nächstes Jahr erwischt es vielleicht den Nachbarstrauch!

Die Raupen erzeugen übrigens die Gespinstfäden selber und zwar mit einer Drüse, die sie am Unterkiefer tragen und nicht wie die Spinnen am Hinterleib!

Pappelschnee

Die Vögel, die Schmetterlinge, die Käfer, die Pflanzen, alle erzählten von Schnee!
„So ein blanker Unsinn! Das darf doch nicht wahr sein!", entsetzte sich die Maus.
„Hört auf damit! Wo soll denn bei der Wärme Schnee herkommen?"
Da hörten sie Stimmen und Schritte.
„Jetzt kommen auch die noch!", pfiff Kleo aufgeregt und ging in Deckung, als Tom mit Wanderern vorbeikam. Und was hörte sie? Die Kinder riefen:
„Schaut! Es schneit!"
Alle freuten sich an dem Schauspiel.
Tom lächelte und erklärte:

Ameisen in Zaunwicke

Und Tom erklärte weiter:
Die Watteflöckchen, die da im Mai wie Schneegestöber durch den Auwald wirbeln, sind die Samen der Weiden und Pappeln, vor allem der letzteren. Es ist buchstäblich „Baum-Wolle", die da von den Pappeln kommt: Jedes Samenkorn trägt ein Büschel watteartiger Haare, die sich dann zu größeren Klumpen zusammenballen. Es ist ein Mittel, vom Wind fortgetragen zu werden. Sie bedecken den Boden, werden vom Wind zu richtigen Wällen am Wegesrand zusammengeweht. Natürlich fallen die meisten von ihnen auf das Wasser, auf Büsche und Kräuter, auf Wege. Nur ganz wenige erreichen ihr Ziel:
Sie müssen eine feuchte, unbewachsene Stelle aus Erde oder Sand erreichen, denn nur dort können sie keimen, und auch das nur innerhalb der ersten sechs Stunden.
Solche Stellen gibt es immer dort, wo sich das Hochwasser zurückgezogen hat, aber auch am Geröllufer des Flusses. Hier treiben die Samen im feuchten Geröll sofort feine Würzelchen, die die spärlichen Spuren von Erde aufspüren, die sich in den Spalten des Gerölls angesammelt haben.

„Dass das kein Schnee ist, wisst ihr.
Das sind die Samen der Pappeln und Weiden."
Damit führte er die Gruppe aus dem Wald auf eine Lichtung, genauer gesagt auf eine große Wiesenfläche, die ganz anders aussah, als die Wiesen, die sie bisher kannten.

Doch am Waldrand stoppte er plötzlich und bückte sich. Die Kinder umringten ihn. Auch Kleo huschte heran. Wenn Tom sich bückte, dann gab es bestimmt etwas zu beobachten. Da stand eine rot blühende Pflanze. Sie sah wie eine Wicke aus und hatte auch ähnliche Blätter.

Viele Ameisen krabbelten auf und ab und sammelten sich da, wo die Blätter am Stängel angewachsen sind. Da hatte sie zwei Blättchen; innen dunkelbraun.
„Wie Hundeohren!", rief ein Mädchen und alle lachten.
In diesen Blättern aber standen die Ameisen Kopf, wühlten drinnen und streckten die Beinchen nach oben.
Tom nahm eine Lupe und ließ die Kinder durchsehen. Da wurde es klar: Die Ameisen drängelten sich in die Hundeohren, obwohl höchstens ihr Kopf und ihre Brust hineinpassten. Und sie ließen auch nicht aus, als ein Bub die ganze Pflanze schüttelte.
„Was machen die Ameisen da?", fragte Sabine.

Tom wusste das natürlich:
Manche Pflanzen erzeugen Nektar auch außerhalb der Blüte: Das sind die so genannten Nektarien. Sie werden regelmäßig von Ameisen aufgesucht, die ganz verbissen den süßen Zuckersaft herausschlecken. Wozu sie dienen? Wir wissen es nicht. Aber sehenswert sind sie!
Die Zaunwicke, eine Verwandte der Erbsen und Bohnen, hat gefiederte Blätter. An ihrer Basis sitzen je zwei schüsselförmige Nebenblätter. Sie sehen wie dunkle Hundeohren aus. Hier drinnen sitzen die Nektardrüsen, die den süßen Zuckersaft abgeben. An ihnen findet man regelmäßig naschende Ameisen.
Der Gemeine Schneeball trägt an den Blattstielen faltige, grüne Knöpfe, die Nektar erzeugen.
Unsere Kirschen und Traubenkirschen haben an den Blattstielen je zwei rote Knöpfchen: Nektarien, die allerdings nur wenig Nektar bilden.

Savannen in der Au

„Gehört das auch zur Au?", staunten die Kinder. „Hier sieht alles so struppig und dornig aus!" „Gut beobachtet. Eine solche Landschaft gibt es in der ganzen schönen Au nur einmal", erzählte Tom, „nämlich nur hier in der Lobau. Man nennt sie Heißlände!"

„Si, si! Oh ja! Hier wärmer als in foresta, als in Wald!", bemerkte Carlo, ein Bub aus Italien. Die Maus fand das auch. Es war heiß und trocken. Darum huschte sie schnell unter einen kräftigen Dornbusch, der etwas Schatten spendete. Wie staunte sie, als dieser ihr eine Geschichte erzählte:

Wer trocken steht, sei zu bedauern?
Darüber solltet ihr nicht trauern!

Der Schöpfer hat es gut bedacht
und mich dafür einfach gemacht.

Hitze! Hitze! Freie Sicht!
Ein Fußbad, Leute, mag ich nicht.

Ich fühl' mich wohl! Was keiner weiß:
Mir ist wirklich nie zu heiß!

Meine langen Wurzelbeinchen
halten viele, viele Steinchen,

die der Fluss, so lang, so gut
hergespült mit jeder Flut.

Steine, Steine sind gestrandet,
Steine, Steine angelandet.

Aufgetürmt zu hoher Schicht
erhielt die Landschaft ihr Gesicht.

Beneide nicht, was rennen kann,
oder schwimmen dann und wann,

die Luft durchkämmt auf stolzem Flügel:
Ich liebe meinen Schotterhügel

mit Trockenrasen zugedeckt:
Mein Standort ist einfach perfekt!

Helmorchis

Brandknabenkraut

„So viele bunte Blumen!“, staunten die Kinder.
„Das sind Orchideen!“, erklärte Tom.
Tina kam mit einer Gruppe Erwachsener dazu. Sie stellte sie Tom und den Kindern vor und erklärte auch gleich, dass sie aus Deutschland, Amerika, Frankreich und Italien gekommen waren, um die Orchideen in der Lobau zu bewundern.
„Bei uns“, so betonte Tina stolz, „gibt es nämlich mindestens 20 verschiedene Arten nebeneinander. So viele wie kaum irgendwo sonst auf einem Fleck.“
Tina beschrieb jede einzelne Art genau und es wurden auch alle fotografiert.
„Oh, look, how beautiful!“, rief eine junge Frau.
„Très, très interessant!“, lobte ein Franzose.
„Was macht denn die da?“, wunderte sich Kleo, als sich eine ältere Dame auf den Bauch legte und versuchte, das Innerste einer Orchidee mit einer Lupe zu erkunden.

Tina erzählte:

Manche glauben, Orchideen gäbe es nur im Tropischen Regenwald. Irrtum! Auch bei uns leben zahlreiche, wunderbare Orchideenarten, nur eben nicht auf Bäumen, wie im Urwald, sondern in der Erde, wie andere Blumen auch.

So wie die Erdpflanzen im Auwald haben auch Orchideen unterirdische Knollen, aus denen sie im Frühling sehr rasch empor sprießen und an der Luft ihre wunderbaren Blüten entfalten.

Diese Blüten sollte man eigentlich mit einem Vergrößerungsglas (einer „Lupe“) betrachten, um ihre ganze Schönheit zu sehen. Die meisten haben hinten einen langen Fortsatz, einen „Sporn“, in dem sich der Nektar sammelt. Insekten, die den Nektar saugen wollen, müssen entweder einen langen Rüssel haben oder den Kopf ganz tief in die Blüte stecken.
Und dabei bleiben die Staubblätter, die den Blütenstaub enthalten, auf ihrer Stirn kleben. Die Biene fliegt nun mit einem Doppelhörnchen auf der Stirn zur nächsten Blüte. Und da Bienen „blütenstet“ sind, also den ganzen Tag immer nur die gleichen Blüten anfliegen, landet der Blütenstaub auf der Narbe der nächsten Orchideenblüte – und diese wird bestäubt und kann nun Samen bilden.

Pollinien

Dann rief sie: „Bellissimo!"
„Was hat sie gesagt, Carlo?", flüsterte ein Mädchen.
„Wunderschön!" übersetzte der kleine Italiener.
„Das muss ich mir merken!", piepste die Maus stolz. „Bellissimo!"

Igel Felix hatte es inzwischen auch bis auf die Heißlände geschafft. Er hätte sich gerne ein bisschen ausgeruht, aber die unermüdliche Maus drängte ihn gleich wieder zur Aufmerksamkeit: „Schau, was die da tun!", fiepte sie. Die Kinder saßen im Kreis und Tina verkündete:
„Wir machen jetzt einen Versuch mit einem Bleistift!"
„Wozu denn das?", knurrte Felix.
„Wir spielen, dass wir eine Orchidee bestäuben! Dazu brauchen wir nur einen Bleistift."

„Ist ja gut, aber das muss ich nicht unbedingt haben!", überlegte der Igel entschlossen und zog sich zurück.

Dann erklärte Tina:
Du kannst diesen Vorgang ganz leicht nachmachen, besser gesagt: Du kannst Biene spielen! Du brauchst dazu nur einen Bleistift – und gute Augen, oder eben eine Lupe.
Den gespitzten Bleistift steckt man tief in die Blüte, so als wolle man zum Nektar vordringen. Dann zieht man ihn langsam zurück. Dabei spürt man, wenn man es richtig macht, wie man leicht in der Blüte kleben bleibt.

Zieht man den Bleistift nun heraus, dann sieht man, wie knapp hinter der Spitze zwei keulenförmige Hörnchen kleben, die unten miteinander verbunden sind. Nun sollte man den Bleistift in eine andere Blüte (derselben Orchideenart natürlich!) stecken, dann hat man eine Orchidee bestäubt.
Den Versuch muss man öfter probieren, da ja gar nicht sicher ist, ob nicht vorher schon eine Biene zu Besuch war und die Staubblätter mitgenommen hat.

„Was summt denn da unaufhörlich!", wunderte sich Kleo.
Ein surrendes Insekt, kleiner als Honigbienen, mühte sich auf einer Blüte des Wiesensalbeis.
„Ich komme mit meinem Rüssel nicht hinein! Es geht nicht!", jammerte es. „Dabei brauche ich so dringend ein Tröpfchen Nektar!"
Die Maus wurde aufmerksam.
„Da kann ich dir leider auch nicht helfen!", bedauerte sie.
„Ich verstehe das nicht ...!"
„Ich schon!", surrte ein Brummer, der sich als Hummel erwies.
„Ja, wie denn? Das Ding ist zugesperrt! Ich kann nicht hinein!"
„Ganz klar. Dazu müsstest du eine Hummel sein, meine Liebe! Schau, wenn ich dort, wo zugesperrt ist, mit meinem Kopf dagegen drücke, öffnet sich – hokus-pokus – das Tor, und ich bin zur Mahlzeit eingeladen. Das kannst du nicht, weil du nicht danach gebaut bist. Such dir lieber eine andere Blüte!"
„Und mit dem Pollen auf ihrem Rücken bestäubt die Hummel dann andere Blüten!", frohlockte der Nachbar-Salbei.
„Ich bestäube gar niemanden!", brummte die Hummel beim Abflug.
„Doch, doch!", piepste die Maus, „sie weiß es nur nicht!"

Auch Tom war mit Kindern unterwegs. Sie scharten sich um ihn. „Schaut euch diese wunderschöne Raupe an!", freute er sich. „Man sieht sie nur selten! Nicht berühren, bitte!"
„Was wird aus ihr?"
„Ein schöner, großer Schmetterling: ein Wolfsmilchschwärmer!"

Wiesensalbei

Der Wiesensalbei ist eine sehr häufige, wunderschöne Blume, die auch an Straßenrändern wächst. Die dunkelblauen Blüten stehen in einer Ähre übereinander und sehen aus wie ein offenes Maul mit einer Ober- und einer Unterlippe. Sie und ihre Verwandten reiht man daher in die Pflanzenfamilie der Lippenblütler. Aus der Oberlippe ragt wie eine gespaltene Schlangenzunge ein dünnes, grünes Gebilde: Es ist die Narbe, ein Blütenteil, der den Pollen aufnehmen soll, den ein Bestäuberinsekt heranbringt.
Doch der Wiesensalbei verfügt über einen verblüffenden Trick: Eine Hummel kann nämlich nicht ohne weiteres ihren Rüssel in die Blüte stecken, um Nektar zu saugen, denn diese ist mit einer Klappe versperrt. Die lässt sich aber leicht heben, wenn die Hummel mit der Stirn dagegen drückt. Mit ihr verbunden sind die langen, bogenförmigen Staubblätter, die sich dadurch wie kleine Schlagbäume senken und den Pollen in den wolligen Rücken der Hummel beuteln. In der nächsten Blüte wird dieser von der Schlangenzungen-Narbe abgestreift.

Raupe des Wolfsmilchschwärmers

Tom kann einiges dazu sagen:
Die Zypressen-Wolfsmilch ist eine giftige Pflanze. Ihr weißer Milchsaft – der ihr den Namen gegeben hat – ist klebrig und leicht giftig, schreckt also die meisten Insekten, die gerne an Pflanzen knabbern, ab. Aber nicht alle! Manchmal – zugegeben sehr, sehr selten! – trifft man auf der Wolfsmilch eine der schönsten heimischen Raupen an: Die bunte Larve des Wolfsmilchschwärmers. Gemustert wie ein orientalischer Teppich, so lang und so dick wie ein menschlicher Finger, mit einem roten Horn, das am Hinterende in die Höhe steht – so schmaust die Raupe vergnügt die klebrige, giftige Pflanze. Sie ist eben an diese Nahrung angepasst und kann gar nichts anderes mehr fressen!

Die Schwärmer sind wohl unsere größten und schönsten Schmetterlinge, aber schwer zu sehen; denn sie sind richtige „Nachtschwärmer", fliegen also vor allem bei Nacht.
Ihre Larven aber sind allesamt Spezialisten, fressen nur ganz bestimmte – meist giftige – Pflanzen, und nach diesen Pflanzen hat man die Tiere benannt.

Die Kinder hüpften weiter.
„Hast du schon einmal einen gesehen?", erkundigte sich die Maus bei ihrem Freund Felix.
„Nein!", schnaufte der Igel, der gerade einen Regenwurm aus einem Loch zog.
„Kein Wunder, der fliegt auch nur bei Nacht!", hörten sie. Das wusste die hohe Pflanze mit den gelben Blüten ganz genau.
„Bist du denn mit ihm verwandt?"
„So ein Unsinn! Nein! Ich bin eine Pflanze und er ist ein Insekt!

Wolfsmilch

Aber seine Raupen gehören zu meiner besten Kundschaft!"
„Wieso?"
„Keine Ahnung. Kann uns das jemand verraten?"
Tom erklärt das im oberen Kasten.
„Machen wir uns endlich auf den Heimweg!", schlug Felix vor. „Du weißt doch ganz genau, dass ich gewöhnlich nur in der Dunkelheit unterwegs bin. Das hier muss eine Ausnahme bleiben!"
„Ist ja gut!", beruhigte ihn Kleo. Aber etwas ließ ihr keine Ruhe.
„Hörst du das, Felix?"
Zuerst hörte er nichts. Aber nach einigen Schrittchen kam das Geräusch näher.
„Die Grillen zirpen!", krächzte Specht Jakob im Vorbeifliegen.
„Schön! Das würde ich auch gerne können!"
„Da wärst du die einzige zirpende Maus auf dieser Welt", machte sich der Igel lustig.
„Weißt du wenigstens, wie die das machen?"
„Aber nein, woher denn!"
„Du bist keine Hilfe, Felix!", pfiff das Mäuschen.
„Dann frag halt jemanden, der das weiß!"
„Und wen?"
„Eine Grille zum Beispiel."
„Und wo finde ich eine?"
„Schauen und abwarten!", mischte sich eine Hummel ein.
„Zuerst musst du ein bewohntes Grillenloch finden."
„Woher soll ich wissen, ob es bewohnt ist?", erkundigte sich Kleo.
„Vor manchen Löchern befindet sich ein Tanzplatz."
„Was meinst du damit?"
„Grillenmännchen zirpen nicht nur sehr schön und laut, um ein Grillenmädchen auf sich aufmerksam zu machen, sie tanzen auch vor ihrem Loch. Sie tanzen so lange und so heftig, bis das Gras davor nieder getanzt ist und nur ein Fleckchen

kahler Erde übrig bleibt." „Na, das ist ja eine Geschichte!"

„Wenn du ein solches Fleckchen findest, musst du dich davor auf die Lauer legen. Probier es hier drüben einmal, da ist eine Grille drin!"

„Wieso weißt du das?"

„Weil ich zeitig im Frühjahr versucht habe, hineinzukriechen!", gestand die Hummel. „Ein vorhandenes Loch wäre für ein Erdnest nämlich super gewesen. Aber die ist auf mich losgegangen! Dort wage ich mich nie wieder hinein! Nie wieder!"

„Aber wenn man davor still liegt und lauert, kann einem doch eigentlich nichts passieren? Oder?"

„Nein, eigentlich nicht!"

Feldgrille

Die Feldgrille ist ein drolliges Tier. Man könnte es die „Bulldogge unter den Insekten" nennen. Ein kräftiger Kopf mit großen Augen, langen Fühlern und – leider – sehr kräftigen Kiefern, mit denen eine Grille ordentlich beißen kann, nimmt man sie in die Hand.

Sie ist viel öfter zu hören, als zu sehen, zumindest die Männchen, denn diese zirpen, um die Weibchen anzulocken.

Wie sie das machen, das sehen nur jene, die sich an einem heißen Tag vor ein Grillenloch legen und geduldig warten, bis der Bewohner herauskommt, sich unbeobachtet fühlt und nun zu zirpen anfängt.

Er – es zirpen nur die Männchen – reibt dabei einen Flügel an dem anderen. Der rechte Flügel trägt einen winzigen Kamm, der linke eine scharfe Kante. Streicht die Grille nun den Kamm über die Kante, entsteht das Geräusch (du kannst das mit jedem Haarkamm nachmachen). Wenn das Männchen Glück hat, kommt ein Weibchen herbeigelaufen. Hat es wohl Ohren? Hat es! Aber nicht wie wir, am Kopf, sondern – unterm Knie des vorderen Beinpaares! Die aber sieht man nur an einer toten Grille und nur mit einer sehr starken Lupe.

Langfühlerschrecke

Kurzfühlerschrecken

Die Maus machte es sich bequem. Der Igel verabschiedete sich.

„Probieren möchte ich schon einmal eine von ihnen!", bemerkte er am nächsten Tag und schnüffelte seine unmittelbare Umgebung ab.
„Wen?"
„Eine Heuschrecke! Schmatz!"
„Warum fängst du dann keine?"
„Weil wir schlecht zusammen kommen.
Die hüpfen herum wie die Wilden! Da muss man ja erst lange lauern, um eine Chance zu haben!"
„Das muss man meistens!", pfiff die Maus.

Die beiden zogen los. Plötzlich hielt die Maus an.
„Siehst du, was ich sehe?"
Vor ihnen saß eine der Begehrten:
eine Laubheuschrecke.
„Schau dir die an! Mamma mia! Die hat ein Schwert dabei! Rühr sie ja nicht an, Felix, ja nicht!"
Dem Igel gefiel die Sache auch nicht.
Sie beobachteten, wie die Schrecke das Schwert mit Kraft in die Erde bohrte.
„Mir ist der Appetit vergangen!", brummte Felix.
„Lass uns lieber weglaufen!"
Specht Jakob wunderte sich und rief ihnen nach:
„Eine Legeröhre ist das, kein Schwert!
Ihr Naseweise!"
„Und woher willst du das wissen?", pfiff die Maus etwas gekränkt.
„Man ist als Specht eben lange und oft unterwegs!" Damit ließ er die beiden allein.

Laubheuschrecke legt Eier

Tom hätte einiges dazu zu sagen:
Heuschrecken sind wohl die muntersten Tierchen auf der Heißlände! Mit ihren mächtigen Muskeln in den großen Sprungbeinen, den Hinterbeinen, hüpfen sie so schnell, dass man sie nur schwer fangen kann. Einige von ihnen sind wunderschön gefärbt, hübsch sind sie alle.
Doch: Heuschreck ist nicht gleich Heuschreck! Man kann sehr gut zwei Gruppen von ihnen unterscheiden.
Die Langfühlerschrecken (oder Laubheuschrecken) haben, wie der Name sagt, lange Fühler, zuweilen viel länger als ihre Körper. Viele von ihnen sind grün. Die größte ist das Grüne Heupferd. Die Männchen zirpen ähnlich wie die Grillen, indem sie die Flügel aneinander reiben, die Ohren sitzen ebenfalls am Knie. Laubheuschrecken sind Jäger und ernähren sich von kleinen Insekten.
Die Kurzfühlerschrecken (oder Feldheuschrecken) haben nur kurze Fühler. Sie zirpen anders: Das Hinterbein trägt die scharfe Leiste, der Flügel den Kamm. Sie führen also das Bein wie einen Geigenbogen über den Flügelkamm. Ihre Ohren sitzen an der Seite des Hinterleibes. Feldheuschrecken sind Pflanzenfresser. Zu dieser Gruppe gehören die berühmtberüchtigten Wanderheuschrecken, die ganze Felder leer fressen können.

Was Tina dazu sagt:

Eine Besonderheit der Langfühlerschrecken ist ein Organ, das die Weibchen tragen: Ein langer schwertartiger Fortsatz am Ende des Hinterleibs. Sieht gefährlich aus, und viele fürchten, sie könnten damit gestochen werden.

Doch dieses Schwert ist nur die Legeröhre, ein Apparat um Eier zu legen. Die Weibchen stechen damit in die Erde, versenken die Legeröhre ein oder zwei Zentimeter tief und geben dann die Eier ab, die in der Tiefe des Bodens reifen, bis die jungen Heuschrecken schlüpfen und sich ins Freie graben. Junge Heuschrecken sehen übrigens wie die Erwachsenen aus, nur haben sie noch keine Flügel. Manche Arten, die nur ein kurzes Schwert haben, stechen Pflanzen an und vertrauen ihnen die Eier an.

Da war es rund um den Weißdornbusch schon gemütlicher. Die Rosenkäfer brummten herum und balgten sich in den weißen Blütenkelchen. Viele, viele Insekten schwirrten und summten im Busch.

„Gut so! Das gefällt mir!", flüsterte er zufrieden. „Warum?", wunderte sich Kleo. „Je mehr Insekten meine Blüten bestäuben, desto mehr Früchte kann ich im Herbst tragen. Und die sind so wichtig!"

Der Weißdorn ist ein Busch, sehr stark mit Dornen besetzt und trägt kleine eingekerbte Blätter, die in der Form entfernt an Eichenblätter erinnern. Er blüht mit strahlend-weißen Blütenbüscheln, die so dicht stehen, dass der ganze Busch von der Ferne wie eine weiße Kugel aussieht. Die Blüten riechen ein wenig stickig, werden aber doch von sehr vielen Insekten besucht.

Seine Früchte, die erst im Herbst reifen, sehen wie leuchtend rote kleine Äpfelchen aus, schmecken aber mehlig und bestehen zum Großteil aus Kernen. Der Weißdorn ist auch eine Heilpflanze. Seine Blätter ergeben einen Tee, der gut fürs Herz ist.

Einer seiner Hauptbesucher ist einer unserer schönsten Käfer:

Der Rosenkäfer

Weißdorn

Tina weiß einiges über die Rosenkäfer:

Der Rosenkäfer ist ein platter, etwa 4-eckiger Käfer, fast 2 cm groß. Er schillert in prächtigstem Grün und fällt dadurch schon von der Ferne auf, wenn er auf einer Blüte, z. B. des Weißdorns, sitzt. Käfer sind im Allgemeinen ziemlich brutale Blütenbesucher, wursteln in den Blüten herum und fressen Pollen und andere Blütenteile gleich an Ort und Stelle. Doch solange sie die Stempel mit den Fruchtknoten verschonen, aus denen sich später ja die Früchte bilden, ist alles gut.

Oft balgen sich gleich mehrere Rosenkäfer in derselben Blüte.

Rosenkäfer legen ihre Eier in mulmige Baumstümpfe. Daraus schlüpfen dicke, weiße Larven, die man als „Engerlinge" bezeichnen kann (die des Maikäfers sehen genauso aus). Doch die treffen wir erst später.

Und noch etwas:

Rosenkäfer können fliegen, ohne die derben, harten Flügeldecken auszustrecken. Sie lüften sie nur und breiten ihre häutigen Flügel zum Flug aus. Das kann kein anderer Käfer!

Rosenkäfer

„Wieso?" Nicht einmal die Rosenkäfer wussten, wofür diese Früchte gut sein sollen. Eigentlich wollte Kleo schon längst wieder in ihrem schönen Zuhause am Altarm zurück sein, aber die vielen bunten Schmetterlinge ließen ihr keine Ruhe. Heißländen sind sehr sonnig und reich an Blumen und Blüten. Darum werden sie gerne von Faltern besucht. Die Maus kletterte auf einen großen Stein am Waldrand. Von dort aus konnte man ihnen gut zusehen. Es raschelte zwar ganz in ihrer Nähe, aber sie ließ sich nicht aus der Ruhe bringen.

„Wahrscheinlich ist das eine Eidechse", überlegte sie, weil auch die Wärme suchen.

„Endlich haben wir unsere Freunde wieder!", flüsterten die Brennnesseln neben Kleo.

Kleo blickte um sich, sah aber niemanden.

„Welche Freunde?"

„Raupen. Schmetterlingsraupen im Brennnesselwald!"

Die Pflanzen wiegten sich sachte mit ihrer schwarzen Last, doch die Räupchen ließen sich beim Fressen davon nicht stören.

„Was wird denn aus euch?"

„Wir werden Tagpfauenaugen!", antwortete eines von ihnen. „Endlich jemand, der uns schätzt!", seufzte eine Brennnessel. „Ohne uns würde es viele Schmetterlinge nicht geben. Wir werden gebraucht! Wir sind wichtig! Und endlich hören wir nicht nur: „Achtung, Kinder, weicht aus!

Tagpfauenauge

C-Falter

Admiral

Trotz ihrer Brennhaare sind Brennnesseln beliebte Futterpflanzen für einige Schmetterlingsarten. Ja einige von ihnen, wie Tagpfauenauge, Distelfalter, C-Falter, Admiral fressen überhaupt nichts anderes! Brennnesseln enthalten viel Stickstoff, das ist ein wichtiger Stoff für den Aufbau des Insektenkörpers. Übrigens: Auch für uns Menschen ist ein Spinat oder Saft aus Brennnesselblättern sehr gesund!

Die brennen!'"
„Ich würde an deiner Stelle nicht so sorglos da sitzen!", unterbrach der Feldhase Hops.
„Wieso sollte ich nicht hier sitzen?"
„Weil gleich hinter dir die Schlingnatter wohnt!"

Schlingnatter

„Ach, du liebes Bisschen!"
„Reg dich ab!", beruhigte sie Hops. „Es ist Vorsicht geboten, aber wie ich das sehe, besteht im Moment keine allzu große Gefahr. Die Natter ist nämlich gerade mit etwas anderem beschäftigt."

„Womit?"
„Mit der Geburt ihrer Jungen!"
Bei der Geburt von Schlangen hätte Kleo sehr gerne zugesehen, aber sie zog es doch vor, still zu verschwinden.

Tom weiß viel über die Schlingnatter:
Die Schlingnatter ist eine Schlange, die das Wasser gar nicht mag. Sie treibt sich darum eher auf Steinen, Wegen, heißen Felsblöcken und eben auch auf den Heißländen herum.

Ihr Name kommt davon, dass sie ihre Beute (meist Eidechsen oder andere Schlangen) so umschlingt, wie man es von den Riesenschlangen kennt. Sie ist, so wie diese, völlig ungiftig, beißt aber schnell zu, wenn man sie in die Hand nimmt. Ihr Muster erinnert ein wenig an die Kreuzotter, und wenn man sie aufstöbert, legt sie ein Schäufelchen nach und „spielt" Kreuzotter, indem sie ihren Kopf zum Dreieck formt und zischt. Viele wurden deshalb von unvernünftigen Menschen erschlagen, die auch nicht wissen, dass es im Tiefland keine Kreuzottern gibt. Die Schlingnatter legt keine Eier. Ihre Jungen schlüpfen während der Geburt aus den Eihüllen; man nennt das „lebendgebärend".
Sie heißt auch Glattnatter, weil ihre Schuppen glatt sind. Die der anderen beiden ungiftigen Schlangen, der „Wasserschlangen" Ringelnatter und Würfelnatter, tragen einen Längskiel, wohl damit sie leichter durchs Wasser gleiten.

Am stillen Weiher

Durch die Au wandernd, steht man plötzlich vor einem lang gestreckten Weiher, mit Schilf umgeben. Auf ihm schwimmen Seerosenblätter, dazwischen blühen gelb die Teichrosen und weiß die Seerosen.
Doch diese Weiher sind keine üblichen Weiher!
Sie waren einst Arme des Flusses, der Donau, die sich ein lang gestrecktes Bett gegraben haben; „alte Arme" also, heute stehende Weiher voller Leben.
In diesen Altarmen trifft man viele Lebewesen, die weder im Fluss noch in den mit ihm verbundenen Seitenarmen, in denen manchmal noch das Wasser strömt, leben können. Ein Beispiel ist das Röhricht: Schilf, Rohrkolben und viele andere Gewächse, darunter der prachtvolle rote Blutweiderich, stehen da mit den Füßen im Wasser.
Im Wasser selbst wachsen untergetaucht zahlreiche Pflanzen, die der Schwimmer als „Schlingpflanzen" kennt, zu Unrecht fürchtet und vielfach für Algen hält. Doch es sind keine Algen! Es sind Pflanzen, die regelmäßig im Sommer ihre Blüten übers Wasser recken, richtige Blüten, die von Insekten besucht und bestäubt werden.

Endlich wieder daheim! Kleo suchte sofort ihren Lieblingsplatz am Altarm auf, legte sich hin und ruhte aus. War es ein Traum gewesen, oder hatte ihr das „alte Wasser", wie sie es nannte, wirklich eine Geschichte erzählt:
„Ich bin zufrieden!", gluckste es leise, während ein Frosch im Wasser einen Salto vollführte und damit kleine Wellen zum Uferrand sandte.
„Womit bist du zufrieden?"
„Dass ich hier ruhen darf und nicht mehr Teil des bewegten Flusses bin."
„Das warst du einmal?"
„Das war ich einmal: ein Teil von ihm, dem Großen.

‚Bring Leben – bring Segen‘,

hat er mir nachgerufen und sich dann langsam von mir getrennt."
„Wie kommst du ohne ihn aus?"

‚Bin mit der Erde stets im Bund.
Sie nährt mit Wasser aus dem Grund.‘

„Nur das?"

‚Sehr willkommen ist der Regen,
bringt er doch Segen, Segen, Segen!‘

„Oh ja! Er füllt Tümpel und Teiche!", das wusste die Maus. Sie horchte auf ein Geräusch. Diesmal war es ein übermütiger, kleiner Fisch, der aus dem Wasser schnellte. Leise wisperten die

Schilfhalme im Röhricht, dazwischen die roten Blütenähren des Blutweiderichs und die braunen Samtrollen des Rohrkolbens.
„Wie gut sie alle leben zwischen meinen Wasserpflanzen!", hörte Kleo die Stimme des Altarms wieder. „Alle kommen zu mir: Vögel bauen in den Uferbäumen ihre Nestchen, Tiere löschen bei mir ihren Durst und – horch – Nachtigallen singen wunderschöne Lieder."
„Oh ja!", flüsterte Kleo und hörte noch einmal die beruhigende Stimme:

‚Mir altem Wasser tut so gut,
dass noch so mancher Zauber
in meinen Tiefen ruht.'

„So mancher Zauber … Was mag das wohl sein?", überlegte die Maus und nahm sich vor, am nächsten Tag wiederzukommen.

Teichrose

Das Schilf wusste, wovon das Wasser in der vergangenen Nacht gesprochen hatte, denn zwischen seinen langen Wurzeln und Halmen wimmelte es von Leben. Kleo wollte zu gerne herausfinden, was sich alles dazwischen versteckte. Darum schlich sie sich an den Uferrand. Zunächst betrachtete sie die flachen, glänzenden Blätter der See- und Teichrosen auf der Wasseroberfläche.

Das Schilf ist eine Grasart, hat also hohle Stängel, unterbrochen durch so genannte „Knoten" dort wo die Blätter sitzen. An der Halmspitze stehen die Blüten; aber besser zu sehen sind die Früchte, die aus ihnen entstehen; als weiße Federpinsel ragen sie im Sommer aus den Spitzen des Schilfs.
Manche wundern sich, wie schnell ein Teich oder Altarm „verschilft", das heißt mit Schilf zuwächst. Die Erklärung ist einfach: Schilf bildet unter Wasser, im Schlamm, waagrechte lange Stängel, so genannte Ausläufer, aus denen rasch viele Halme sprießen. An manchen Stellen, z. B. auf Inseln, kann man diese Ausläufer sehen. Manche sind 4 m lang!

Blutweiderich

Rohrkolben

'Schwupp', platschte ein grüner Wasserfrosch auf ein Blatt. Dazu kam eine Fliege, und schon gab es wieder etwas Interessantes zu sehen und zu hören:

Der Frosch sitzt gerne in der Sonne,
lässt sich wärmen voller Wonne.
Da summt heran die alte Fliege:
„Wetten, dass ich dich gleich kriege?“,
denkt der Frosch, macht sich bereit.
Auf das Maul recht groß und breit!
„Du irrst dich, Alter, mich zu kriegen!
Ich kann nämlich sehr schnell fliegen!“,
brummt die Fliege voller List,
weil sie gern die Klüg're ist!
Frosch fährt seine Zunge aus –
Hilfe! Da erschrickt die Maus!
„Zu spät!“, so quakt der Grüne keck,
und – 'schnapp' – schon ist die Fliege weg!
Drum denk dir einfach: nix is fix:
and're Tierart, and're Tricks!

Kleo wollte die Lebewesen unter Wasser kennen lernen. Aber wie? Tauchen konnte sie nicht. Zunächst beugte sie sich über den Wasserspiegel so weit sie konnte. Sie hatte mittlerweile auch gelernt, dass man Geduld haben muss, wenn man etwas beobachten will. Und das sollte sich bald lohnen.

Gelbrandkäfer

Im dunklen Wasser kurvte ein großer, glänzender, schwarzgrün schimmernder Käfer heran. Seine Flügeldecken waren mit einem gelben Rand verziert.
„Du hast aber ein Tempo!“, staunte Kleo.
„Muss ich ja auch“, antwortete er. „Hab viel zu tun! Herauf Luft holen, hinunter jagen, herauf Luft holen ...“

Tom erzählte über diesen Käfer:
Der Gelbrandkäfer gehört zu den „Schwimmkäfern"; in Wirklichkeit aber ist er meist tauchend anzutreffen, da er Jagd auf Würmer, Larven, Kaulquappen und Jungfische macht.

Er ist bestens an diese Lebensweise angepasst: Seine Hinterbeine tragen lange Borsten, die sie zu Rudern machen. Er hat auch ein Tauchgerät! Insekten atmen nicht durch Lungen, sondern ein kompliziertes Röhrengeflecht bringt die Luft in den Körper. Dessen Öffnungen liegen am Hinterleib. Also streckt der Gelbrandkäfer sein Hinterende aus dem Wasser, lüftet die Flügel und schnappt sich so eine Portion Luft, mit der er eine Weile auskommt. Als richtiger Käfer kann er auch sehr gut fliegen: Nachts klettert er oft aus dem Wasser und fliegt weg, sucht neue blinkende Wasserflächen, wo er landen kann. Leider irrt er sich manchmal dabei und landet dann auf Glas- und Blechdächern, die er für Wasser hält.

Wer einen solchen gestrandeten Gelbrandkäfer findet – bitte nehmen und gleich ins nächste Gewässer tragen!

„Wie sieht es denn dort unten aus?", fragte die Maus neugierig.
„Wunderbar! Es ist ein Reich voller Überraschungen; voll Nahrung, voll wehender Wasserpflanzen, voll Leben. Wen man dort allen begegnet!"
„Wen denn?"
„Fische, Spinnen, Wanzen, Schlangen, Schildkröten, Kaulquappen, Schnecken, Muscheln, Würmer, Frösche, Unken …!"
„Wow!" Das war für Kleo eine neue Welt.
„Wenn wir das Schilf nicht hätten!", schwärmte der Gelbrandkäfer. Einige Halme bewegten sich, als ob sie die Botschaft gerne hörten. Vielleicht war es aber auch nur ein großer Fisch, der daran gestoßen war, während er einer Beute nachjagte.
„Zwischen den Stängeln des Schilfs kann man sich so gut verstecken!", schwärmte der Gelbrandkäfer. „Das ist sehr wichtig, weil man auch unter Wasser sehr aufpassen muss. Jeder ist auf Fressen aus."
„Oh ja, besonders eure Larven!", beklagten sich einige Kaulquappen, „die können gar nicht genug kriegen!"
„Kleine Monster sind die!", murmelte ein Karpfen im Vorbeischwimmen. „Die haben gleich mehrere Augen! Hat man so etwas schon gehört! – Zum Glück können die unsereinem nicht gefährlich werden!"

Darauf ging der Gelbrandkäfer erst gar nicht ein. Er breitete seine Flügel aus und hob ab.
„Ja aber, a-a-ber …!", stotterte die Maus. „Komm zurück! Komm wieder! Na so etwas! Da kommt einer aus dem Wasser und dann fliegt er auch noch weg!"

„Warum nicht!", ließ er noch hören, „ich bin ja ein Käfer!"
„Er ist toll, das stimmt! Aber er ist mit Vorsicht zu genießen!", berichtete ein kleiner Fisch. „Seine Larven sind die Schlimmsten! Und die der Libellen!"
„Wieso?", erkundigte sich die Maus.
„Weil sie schon einmal unheimlich aussehen! Und dann: Sie sind überraschend groß und fressen alles, was sich bewegt; jede Menge davon!"
„Sch-scht!", landete der Gelbrandkäfer wieder in Kleos Nähe. Er wollte auch gleich abtauchen, aber sie rief ihn zurück: „Halt!"
„Was gibt es denn noch? Ich hab zu tun! Muss mir eine Frau suchen!"
„Ach ja, jetzt kommt wieder die Geschichte mit dem Eierlegen …!"
„Aber nein, was redest du denn da! Unsere Weibchen legen ihre Eier erst nach dem Winter; schöne, große Eier noch dazu!"
„Die muss ich mir anschauen, wenn es so weit ist!"
„Na, da wünsch' ich dir viel Glück!", murmelte der Gelbrandkäfer noch und tauchte endgültig ab.

Die Larven des Gelbrandkäfers sehen aus wie kleine Monster!
„Kreuzhohl" schwimmen sie durchs Wasser auf Beutesuche. Haben sie etwa eine Kaulquappe gefunden, schlagen sie blitzschnell ihre dolchartigen Fangkiefer in die Beute. Sie enthalten einen Kanal, durch den Verdauungsflüssigkeit in die Beute gespritzt wird; anschließend wird der Verdauungsbrei durch die gleichen Kanäle aufgesaugt. Auch die Larve atmet Luft, muss also immer wieder zum Luftschnappen nach oben.

Drosselrohrsänger

Nest eines Drosselrohrsängers

Über Wasser meldeten sich Vögel, die im Schilf wohnten oder gerne dorthin zu Besuch kamen. Einer davon saß nicht weit weg von Kleo. Auch er hatte zu tun. Er schien ein Nest zu bauen. Allerdings hatte es eine andere Form als die, die die Maus bisher gesehen hatte. Er verflocht es kunstvoll zwischen den Schilfstängeln über der Wasseroberfläche. Von Zeit zu Zeit sang er aus voller Kehle. Was er damit wohl sagen wollte? Die Maus wusste es. Weißt du es auch?

Tom war diesmal wieder mit Kindern unterwegs. Sie waren mit Becherlupen und kleinen Cashern ausgerüstet, weil sie Beobachtungen im Wasser machen wollten. Sie hatten auch weiße Plastikschalen mit, in die sie ihre Fänge kippen und gut beobachten konnten. „Hurrah!", freuten sie sich, als sie winzige, zuckende Lebewesen in ihren Netzen fanden: Zucklarven, Würmer, kleine Schnecken, Gelsenlarven und manch anderes Getier.
Tom erklärte ihnen, was sie gefangen hatten.

Und siehe da:
Da war ein gefährlich aussehendes Tier mit einem langen Stachel darinnen!

Wasserskorpion

Gefährlich sieht er aus, der platt gedrückte Wasserskorpion, mit seinen beiden Zangen, die wie Scheren eines Skorpions aussehen, und dem langen, geradegestreckten „Stachel" am Hinterende.
Der Wasserskorpion ist aber kein Skorpion, sondern eine ans Wasserleben angepasste Wanzenart; und sein „Stachel" ist kein Stachel, sondern ein Schnorchel, ein Atemrohr, das er aus der Wasseroberfläche reckt, um zu atmen.
Mit den Zangen fängt er Würmer, Kaulquappen und andere Kleintiere, führt sie zum Mund, der wie bei allen Wanzen ein Stechrüssel ist. Dann sticht er sie an und saugt sie aus.
Man kann ihn ruhig in die Hand nehmen. Wenn man ihn nicht drückt oder sekkiert, sticht er nicht. Im seichten Wasser sieht man ihn immer wieder an die Wasseroberfläche steigen und mit seinem Atemrohr an dieser hängen.

Plötzlich bemerkten sie ein kleines, merkwürdiges Wesen, das unruhig an der Oberfläche umherschoss. Es hatte eine silberne Blase am Bauch. „Was kann das wohl sein?", fragten die Kinder.

Das wusste Tom sehr genau:
Die flottesten Schwimmer im Altarm sind die Rückenschwimmer: Auf dem Rücken liegend rudern sie mit den mächtigen Hinterbeinen stoßweise durchs Wasser und tragen dabei auf dem Bauch eine silbrige Blase – es ist wieder Luft, ihr Tauchgerät. Und weil sie die auf dem Bauch tragen, liegen sie auf dem Rücken wie wir, wenn wir ein aufgeblasenes Gummitier auf den Bauch geschnallt hätten. Rückenschwimmer gehören zu den Wanzen, und wie alle Wanzen haben sie als Mundwerkzeug nur einen Stechrüssel, mit dem sie kleinere Wassertiere, vor allem Insekten und Fischbrut, anstechen und aussaugen.
Vorsicht: Nicht in die Hand nehmen! Rückenschwimmer wehren sich sofort und stechen sehr schmerzhaft zu. Das gilt für alle Wasserwanzen. – Ihre Stiche wirken etwa wie Wespenstiche.

Rückenschwimmer

Dass die Maus in Deckung gegangen war, ist klar. Was sie aber trotzdem gleich miterleben musste, erschreckte nicht nur sie.
„Platsch!"
Das Wasser spritzte, die Kinder schrien auf. Ein nasser Bub stand bis zum Bauch im Wasser und schnappte nach Luft. Tom rannte zu ihm und half ihm, ans Ufer zu klettern.
„Das ist doch nicht zu glauben!", entsetzte sich die Maus, „der ist ins Wasser gesprungen!"
Der Bub stotterte verlegen, dass er versuchen wollte, im tieferen Wasser Beute zu machen, vielleicht mehr und interessantere?

„Das ist aber nicht in Ordnung!", tadelte Tom. „Man darf in der Natur nicht stören!" Nachdem der Bub von seinen Kameraden notdürftig abgetrocknet worden war und sich alle beruhigt hatten, setzten sie sich nieder. Tom riss ein Blatt vom Schilf ab. Da wurden die Kinder neugierig. Tom aber sagte: „Aus Schilfblättern kann man ohne großen Aufwand sehr rasch wunderschöne Schiffchen basteln, die auch sehr gut schwimmen, sogar im Fluss, wenn man sie dorthin mitnimmt."

Hier die Anleitung wie man das macht:

„Nein, aber lass uns abwarten!"
Bald setzten die Kinder kleine Schiffchen aus Schilf ins Wasser. Kaum zu glauben, dass sie die in so kurzer Zeit basteln konnten.
„Mit einem Schiffchen auf dem Wasser zu fahren, wäre ein Traum!", schwärmte die Maus. „Soll ich es probieren, wenn die Kinder weg sind?"
„Das würde ich dir nicht raten!", murmelte Hops, „es sei denn, du willst baden gehen!" Und das tun Mäuse nicht so gern.
Die Kinder brachten alles, was sie gefangen hatten, vorsichtig wieder ins Wasser zurück und marschierten dann weiter.

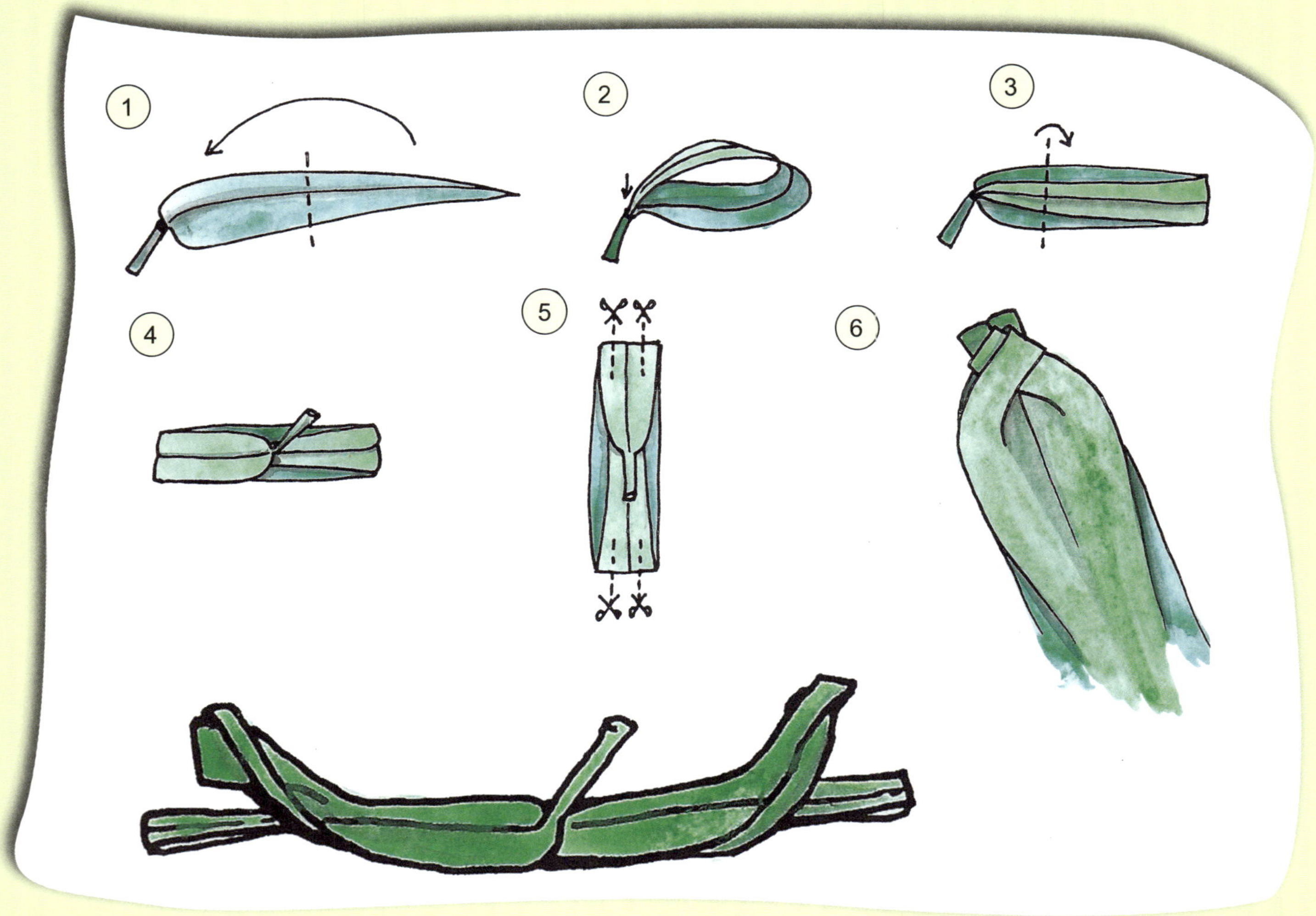

„Was machen die?", flüsterte Kleo dem Hasen Hops zu.
„Weiß ich doch nicht!"
„Dann spitz die Ohren!"
Bald meldete sich der Hase:
„Sie reden von Schiffchen. Weißt du, was sie meinen?"

Am Altarm wurde es ruhig. Kleo kroch aus ihrem Versteck und guckte ins Wasser.
„Da siehst du's!", beklagte sie sich, „alle sind geflüchtet: die Vögel, die Kaulquappen, die Fische, das Wasser ist trüb. Nichts ist mehr da außer ein paar Gelsenlarven."
„Ach die!", meinte der Hase geringschätzig.

Gelsenlarven

„Ach die', was soll das heißen, bitte schön?", setzten sie sich zur Wehr. „Wir sind wichtig! Wir sind Nahrung für viele! Schlimm genug, dass so viele von uns gefressen werden, bevor sie fliegen können!"

„Ist ja gut!", beruhigte Kleo, während die Gelsenlarven weiter an der Wasseroberfläche dahin schnorchelten.

Tom wusste viel über die kleinen Gelsenlarven:
Die Larven der Gelsen (Stechmücken) sind sehr leicht zu erkennen. Es sind kleine dunkelgraue „Würmchen", die unter der Wasseroberfläche senkrecht ins Wasser hängen. Doch wenn man sie erschreckt, dann tauchen sie mit komischen Zick-zack-Bewegungen eher unbeholfen nach unten, um bald wieder nach oben zu steigen und sich an die Oberfläche zu hängen. Sie hängen mit dem Hinterende am Oberflächenhäutchen, weil sie dort ihre Atemöffnung haben. Ihr Mund aber – und das sieht man nur im Mikroskop – trägt zwei Borstenkränze, die sich wie bei einem elektrischen Rasierapparat (Rasenmäher, Schlagrührer) drehen und Wirbel im Wasser erzeugen, also Strudel, die kleine organische Teilchen („Staub im Wasser") zum Mund strudeln. Sie leben davon und reinigen dadurch das Wasser, während sie immer dicker werden.
Das aber nützt den Fischen, vor allem den kleinen, die noch nicht sehr geschickt im Beutefang sind. Die kleinen, unbeholfenen Gelsenlarven können sie gut erwischen.
Daher entsteigen einem Altarm, in dem auch Fische leben, nur wenige erwachsene Gelsen; die meisten kommen aus Pfützen, Blumentassen, Gartenteichen und ähnlichen Wasserstellen, in denen die Gelsenlarven ungestört leben können.

Am stillen Weiher

„Bsssssss!“, säuselte etwas dicht neben der Maus. „Na bitte, da haben wir's ja! Die Gelsen sind schon unterwegs! Ihr seid heuer aber besonders früh dran!“
„Umso besser, da können viele, viele Nachkommen heranwachsen! Bsssssss!“
„Weg hier!“, pfiff die Maus ungeduldig.
„Ihr geht einem mit eurem Gesumse auf die Nerven.“
Wie das wohl funktionieren mag, überlegte die Maus. Sie konnte das nicht.
„Flügel haben muss wunderbar sein!“, überlegte Kleo. „Aber nein, eine Gelse möchte ich deswegen trotzdem nicht sein. Da kann man als Maus schon mehr erleben!“
Etwas später wandte sie sich an Hops:
„Ich überlege mir gerade, wie die Larven dieser säuselnden Gelsen, die da im Wasser schnorcheln, eigentlich in die Luft kommen. Wie machen die das?“
„Das weiß ich auch nicht“, antwortete Hops, „aber Tom oder Tina wissen das bestimmt!“

Natürlich wusste Tina das:
Jede Larve verpuppt sich. Die Puppe ist ein richtiges Kugerl mit einem Schwanzerl, mit dem sie sich durch das Wasser bewegt. Sie hat auch einen Schnorchel, hängt also auch an der Wasseroberfläche. Und eines Tages reißt die Haut der Puppe auf dem Rücken auf und heraus hebt sich eine zunächst schneeweiße Gelse, zieht Bein für Bein aus der Puppe und steht wie auf Stelzen auf dem Wasser, bis ihre neue Haut getrocknet ist und die Flügel gehärtet sind. Dann schwingt sie sich in die Luft – und wird nun zu unserem Quälgeist.
Allerdings stechen nur die Weibchen und saugen Blut. Die Männchen suchen Nektar in Blüten.

„Wow, das ist eigentlich schon toll!", überlegte Kleo.
„Bssssssss!"
„Trotzdem: Weg hier! Stich gefälligst jemand anderen!"
„Aber, aber!", ließ die Gelse hören und summte unbeschwert ihr Gelsenlied:

Stich, Stich, Stich!
Blut, Blut, Blut!
Stech' ich dich, tut mir das gut!
Dann leg ich meine Gelseneier
ab in einen grünen Weiher.
Tausend Mücken, stich, stich, stich,
schwirren, schwirren bald um dich.
Doch wenn's auch sticht,
bedenke, Kind,
dass wir für viele Nahrung sind!

An einem Weidenzweig in der Nähe hing ein merkwürdiges Säckchen: Das Nest einer Beutelmeise. Ihr konnten die Gelsen nichts anhaben. Sie war zufrieden, weil es ihr doch gelungen war, mit Geduld und unendlichen Vogelmühen ein Nestchen in die Zweige einer Weide am Uferrand zu flechten. Sie hatte es mit verschiedenen Samen verziert, damit es ja nicht auffällt.
„Wie kann ein kleiner Vogel etwas so Tolles bauen?", überlegte Kleo. Der Wind dürfte ihr ein paar Gedanken zugetragen haben, denn wie sonst wäre sie auf solche Ideen gekommen:

Des Bauens anerkannte Meister
ohne Nägel, Holz und Kleister,
wer nur mit einem Schnabel webt
und die Enden nicht verklebt!
Manche Vögel machen das
mit Schilf, mit Moos, mit Halm und Gras.
Bauen in die lichte Helle
dichte Nestchen, schnell, schnell, schnelle.
Für den Erfolg gilt's auszuloten
die Festigkeit der ersten Knoten,
weil das Bauwerk sonst nicht hält
und Vogel auf die Nase fällt.
Sehr schnell löst sich und vergeht,
was nicht auf fester Basis steht …

Specht Jakob hatte die Maus auf das Hängenestchen überhaupt erst aufmerksam gemacht. Nun saß sie da und betrachtete den grauen Beutel voll Entzücken.
„Ich glaube, in dem gibt es schon Leben!", überlegte sie. „Ich würde so gerne hineinschauen! Wie komme ich nur dort hinauf?"
„Gar nicht!", erklärte Jakob bestimmt.

Nest der Beutelmeise

Auch Tom war begeistert von dem Nest:
Diese Art Nester gehören zum Kunstvollsten, was Vögel bei uns schaffen. Das Männchen beginnt aus Grasfäden einen lockeren Beutel zu bauen. Gefällt er dem Weibchen, dann baut es nun mit. Langsam entsteht aus kunstvoll geflochtenen Bastfäden und Halmen ein beutelförmiges Nest, das dann mit Pappelschnee, Weidensamen, Distel- und Schilfsamen zu einer filzartigen Tasche verwoben wird. Sie bekommt einen seitlichen Eingang, eine abstehende kurze Röhre.
In dieser Wiege schaukeln nun die jungen Beutelmeisen in ihrem Nest bis sie flügge sind, das heißt, das Nest verlassen und ausfliegen.

Enttäuscht beugte sich Kleo wieder über die Wasserfläche, sodass sie ihr Spiegelbild sehen konnte.
„Das glaub ich jetzt nicht!", piepste sie. „Da ist gerade eine Schönheit von Fisch vorbeigezogen! He du! Warte doch bitte!"
Der Angesprochene bewegte sich elegant.
„Was gibt es?"
„Ich möchte die farbigen Flecken auf deinem Körper noch einmal sehen!"
„Sind die etwas Besonderes? Die hat jeder Sonnenbarsch!"
„Mit dem brauchst du dich gar nicht erst anzufreunden!", unterbrach ein Fisch, der Wert darauf legte, aus der Familie der Rotfedern zu stammen.
„Auf den und seine Verwandtschaft muss man höllisch aufpassen! Die haben sich auf Fischeier und kleine Fische spezialisiert. Unsere armen Jungen!"
„Man nimmt eben, was man leicht kriegen kann!"
Danach kümmerte sich der Barsch nicht mehr um die Meinung seiner Umgebung.

Sonnenbarsch

Auch Tina starrte auf den hübschen Kerl, machte sich aber doch Gedanken:
Der hübsche Sonnenbarsch ist als Aquariumsfisch aus Amerika zu uns gekommen. Kein Wunder: das Männchen mit seinem schwarz-rot-weißen Seitenfleck sieht prachtvoll aus! Aber leider frisst er im Altarm Fischlaich und Fischbrut, die andere Fische meiden, und kann dadurch beträchtlichen Schaden anrichten.

Dafür kann man ihm gut bei der Paarung zusehen: Das Männchen umschwimmt sein eher unscheinbares, hell-dunkelbraun gestreiftes Weibchen und schwimmt mit ihm im Kreis. Dabei legen sich beide immer wieder auf die Seite. Mit der Schwanzflosse fegt das Männchen eine kreisrunde Laichgrube vom Schlamm frei, bis der Kies darunter als heller Fleck erscheint.

Gleichzeitig sind die Sonnenbarsche recht aggressive Burschen. Jeder Fisch wird sofort angegriffen und verjagt, ja manche stürmen sogar auf den Finger los, den wir ins Wasser stecken. Sie beißen aber nicht, sondern drehen gleich wieder ab.

Zwischen den grünen Wasserpflanzen zog langsam und bedächtig ein Karpfen vorbei.
„Hi, Dicker!", spottete ein schlanker Hecht. „So weit heroben heute? Sonst wühlst du doch immer im Schlamm. Was erwischt man denn dort?"
„Würmer, Larven, Schnecken, Pflanzenteile – aber das braucht dich nicht zu interessieren."
„Tut es auch nicht. Ich lege mich lieber auf die Lauer."
Kaum hatte er sich zwischen Schilfstängeln und Wasserpflanzen versteckt, schnellte er auch schon wieder hervor. Er hatte sich einen kleinen Fisch geschnappt. „Schluck", und weg war er.

„Immer diese Wilden, Halbstarken!", schimpfte die Wasserspinne und klammerte sich an den Blättern des Wasserschlauches fest. „Alles machen sie kaputt!"

„Was hat dir denn der Hecht getan?", wunderte sich Kleo.
„Er hat meinen Luftblasenpalast zerstört!"
„Wie, Luftblasenpalast?"
„Sie hat Recht!", erklärte der grüne Wasserschlauch, „jetzt muss sie von vorne anfangen!"
„Womit?"
„Mit dem Bauen von Wohnungen unter Wasser."

Karpfen

Hecht

Unsere originellste Spinne ist zweifellos die Wasserspinne. Was ist an ihr so besonders?
Nun, eine Spinne, die unter Wasser lebt und jagt, aber Luft atmen muss, hat natürlich Atmungsprobleme. Unsere Wasserspinne taucht darum mit einem Atemgerät, wie ein Scuba-Diver!
Ihr Hinterleib trägt einen feinen Pelz. Sie steigt also an die Oberfläche des Wassers, Bauch oben, und streckt den Hinterleib aus dem Wasser. Sogleich füllt sich der Pelz mit einer Luftblase, mit der sie abtaucht – sie sieht dann aus wie eine silberglänzende Perle – und atmet aus dieser Luftblase.
Es kommt noch besser: Sie baut sich eine richtige Taucherglocke! Dazu spinnt sie zwischen untergetauchten Wasserpflanzen ein waagrechtes Netz wie eine Hängematte. Dann spinnt sie einen Faden vom Netz an die Oberfläche (wir werden gleich sehen, wozu!) und schwimmt hinauf. Dann streckt sie den Hinterleib und die Hinterbeine nach oben und schnappt sich so eine viel größere Luftblase. Nun aber könnte sie nicht so einfach abtauchen, die Blase wirkt ja wie ein Schwimmgürtel!
Sie hantelt sich daher an dem Faden nach unten. (Genauso machen es manchmal Taucher, z. B. wenn sie an einem Wrack arbeiten und Kraft sparen müssen.) Dann schlüpft sie unter das Netz und öffnet die Beine. Die Luftblase löst sich, steigt in das Netz und beult es glockenartig nach oben. Das macht sie mehrmals und schafft sich so einen bequemen Wohnplatz unter Wasser.
Auch für ihre Eier baut sie eine Taucherglocke, nur noch dichter und größer. Die Luft muss ja bis zum Schlüpfen halten.
Für den Winter aber besorgt sie sich eine geborgte Taucherglocke: ein Schneckenhaus, ob von Wasserschnecken oder ein Gehäuse von Landschnecken, die ins Wasser gefallen sind. Sie verkriecht sich darin, spinnt einen Verschluss aus Netzfäden (Luft ist ja schon drin) und überwintert darin.

Darum bitte: Findet man im Frühling im Wasser treibende Schneckenhäuser, anschauen, ob nicht eine Spinne drin wohnt und nicht einfach achtlos aufsammeln.

„Das kann ich mir nicht vorstellen! Wie geht denn das?", staunte Kleo. Das wollte die Spinne aber nicht verraten.

„Gib Acht, die kann ganz schön beißen!", rief der Hecht noch zurück.
„Da haben wir's! Auch die hat etwas Gefährliches an sich!", überlegte die Maus. „Da lob ich mir den Wasserschlauch", pfiff die Maus. „Der liegt still und friedlich da und tut keinem etwas."

„Ganz so ist das auch nicht", antwortete er. „Ich muss doch auch von etwas leben!"
„Ja, sicher, vom Wasser."
„Nicht nur, meine Liebe! Nicht nur! Ich fange, fange Wasserflöhe! Wasserflöhe! Wasserflöhe!"
„Beim Barte meiner Großmutter! Das kann ich mir nicht vorstellen!"
Da kam Tina zufällig vorbei und wovon berichtete sie ihren Gästen gerade? Vom Wasserschlauch!

Kleo hatte andächtig zugehört.
„Und ich dachte, wer so wunderschöne, gelbe Blüten trägt, kann nichts Böses im Schilde führen!"
„Ich führe auch nichts Böses im Schilde!", rechtfertigte sich der Wasserschlauch. „Ich brauche nur Nahrung, damit ich leben und wachsen kann!"

Wasserschlauch Blüte

Fangblasen

Tina kennt alle Geheimnisse des Wasserschlauchs:
Der Wasserschlauch hat grüne Blätter, könnte sich also wie jede andere Wasserpflanze durch Fotosynthese ernähren.
Aber er leistet sich eine Zubuße: Er fängt winzige Kleinkrebse und isst sie auf.
Zu diesem Zweck trägt er Fangblasen: ovale, flache Blasen, die zwischen seinen Blättern stehen. Jede Fangblase hat vorne eine Klappe und daneben ein paar Borsten. In ihr aber herrscht Unterdruck.
Stößt nun ein Kleinkrebs – z. B. ein Wasserfloh – an eine Borste, dann öffnet sich die Klappe blitzartig und der Sog durch den Unterdruck in der Blase reißt das Tierchen hinein.
Es ist, wie wenn man eine Plastikflasche zusammendrückt, mit der Öffnung ins Wasser hält und auslässt – dann schießt das Wasser ins Innere.
Die Fangblase ist innen mit Verdauungsdrüsen ausgekleidet, die eine Art Magensaft ausscheiden. Der löst den Wasserfloh auf, und der Brei wird von der Pflanze aufgesaugt. So kommt der Wasserschlauch zu tierischer Nahrung!

„Und ihr anderen?", wandte sich die erstaunte Maus an die grünen Pflanzen unter dem Wasserspiegel. „Seid ihr auch für irgendjemanden gefährlich?"
„Oh nein, oh nein!", versicherten sie und ließen zu, dass ihre langen Blätter vom Wasser zart hin und her bewegt wurden.
„Da hab ich aber etwas anderes gehört!", mischte sich Specht Jakob ein. „Sie wickeln sich um die Beine der Menschen, wenn sie in ‚alten Wassern' schwimmen!"
„Ist nicht wahr! Keinesfalls! So ein Märchen!", verteidigten sich alle.
„Warum müssen Menschen auch im Altarm schwimmen!", bemerkte der Specht und flog weiter.
„Rumps" stürzte etwas direkt neben Kleos Nase ins Wasser. Es war schwarz, zappelte und nannte sich Fliege.
Ruck-zuck, kam ein Wasserläufer angesaust und

Wasserpflanzen

machte sich über sein Opfer her.
„Lass dich anschauen!", bat ihn die Maus, nachdem er seine Beute vollends ausgesaugt hatte.
„Hast du so große Augen, dass du sofort zur Stelle sein kannst, wenn etwas vom Himmel fällt?"
„Große Augen? Du hast Ideen! Ich habe Gefühl in den Beinen."

Wasserläufer skaten wie Schlittschuhläufer auf der Wasseroberfläche. Sie sind mit den Wanzen verwandt, und wie diese haben sie als Mundwerkzeug nur einen Rüssel, mit dem sie stechen und saugen können. Der Grund für ihr rastloses Skaten ist: Sie suchen nach Nahrung. Immer wieder fallen Insekten ins Wasser, etwa Schmetterlinge oder Ähnliches. Sie nehmen die Erschütterung der Wasseroberfläche wahr und schlittern sofort hin, um den Rüssel einzubohren und den Verunglückten auszusaugen.
Wie aber können sie auf der Wasseroberfläche laufen? Nun, ihre Füße tragen feine Haarbüschel, die das „Oberflächenhäutchen" des Wassers, also die Oberflächenspannung nutzen, damit sie nicht einsinken. Im Flachwasser sieht man an ihrem Schattenbild vier runde dunkle Kreise um die Beine.
Vier? Haben Insekten nicht sechs Beine? Auch die Wasserläufer haben sechs, aber die beiden vordersten halten sie als Putzbeine in die Luft; beim Schlittschuhlauf spielen sie nicht mit.
Wasserläufer nutzen die Oberflächenvibrationen auch als Telefon zur gegenseitigen Verständigung.
Kein Handy also, sondern ein „Beindy".

Wasserläufer

Das Wasserläufer Lied

2) Ich bin der Flinken einer,
und was ich kann, kann keiner!
Auf dem Wasser flitzend, Leute,
fang ich spielend meine Beute!
Auf dem Wasser flitzend, Leute,
ruck-ruck-zuck!

3) Ich bin der Stillen einer,
und was ich kann, kann keiner!
Ruck – lauf ich her, ruck – lauf ich hin,
weil ich dafür geschaffen bin!
Ruck – lauf ich her, ruck – lauf ich hin,
ruck-ruck-zuck!

„Bin ich vielleicht nicht genial?", beschwerte sich die Geränderte Jagdspinne so laut, dass es alle hören mussten. Es war ja auch als Beschwerde gemeint. Sie konnte schließlich fast das Gleiche wie der Wasserläufer, der da so viel Aufsehen machte!
„Und wenn schon!", gab der zurück. „Du bist größer als ich und kümmerst dich eben um die größeren Notlandungen. So ergänzen wir uns wieder, solange du mir die Kleinen nicht vor der Nase wegschnappst! Aber: ja gut, du bist auch genial!"
„Und die vielen anderen Spinnen, die da immer um mich herumkrabbeln?", wunderte sich Kleo.
„Die sind keine Konkurrenz für uns", bestätigte die Jagdspinne, „die verkehren nicht auf dem Wasser!"

„Die Wasserläufer und die Jagdspinne vergreifen sich wenigstens nicht an unseren Eiern!"
„Qua-a-a-k!" Das fand der Wasserfrosch beruhigend; die Erdkröten und Unken übrigens auch.
„Von wem stammen eigentlich die Eier-Berge, die dort unten im Wasser liegen?", erkundigte sich die neugierige Maus und beugte sich so weit vornüber, dass sie beinahe hineingefallen wäre.
„Den Fröschen gehören die, klarer Weise!", quakte einer von ihnen.
„Da sind wir halt eine feinere Gesellschaft!", meldete sich ein Krötenmann. „Unsere Eier werden nicht einfach so auf einen Haufen gelegt, sondern aneinander gereiht und an Pflanzen gehängt!"

Wasserfrosch quakt

Geränderte Jagdspinne

Spinnen gibt es überall, also auch am Ufer der Altarme. Doch hier leben vor allem Laufspinnen und Jagdspinnen, Spinnen, die keine Netze bauen.
Auf dem Boden laufen z. B. die kleinen grauen Wolfspinnen, die ihre Eier als Paket, als so genannten „Kokon" an den Hinterleib geklebt mit sich tragen.
Eine der größten Spinnen am Wasser aber ist die Geränderte Jagdspinne, die in vielen Büchern auch als Listspinne geführt wird. Braun mit einem weißen Rand (wie ein Faschingskrapfen) und, groß wie ein 2.– Euro Stück, laufen auch sie auf dem Wasser und suchen nach Beute, die den Wasserläufern zu groß ist.
Auch sie bewacht ihren Eikokon, hält ihn aber mit den Mundklauen fest. Arme Spinne! Sie kann erst wieder essen, wenn die Jungen geschlüpft sind.

Er war der Meinung, dass er mit dieser Feststellung genug preisgegeben hatte, blies seine Schallblasen auf und begann laut zu quaken. Das wirkte auf seine Umgebung ansteckend. Bald gab es ein richtiges Quak-Konzert, das alle schön fanden; nur der Igel nicht.

Das typischste Geräusch am Altarm ist der „Gesang" der Frösche. Doch die „Sänger" zu beobachten, ist erst das wahre Vergnügen!
Der Wasserfrosch liegt dabei an der Wasseroberfläche. Während des Quakens aber quellen kurzeitig zwei marillengroße, milchig weiße Blasen aus den Mundwinkeln – die Schallblasen, die wie ein Dudelsack funktionieren: Sie pressen die Luft zu den Stimmbändern des Frosches, die dann das Quaken erzeugen.
Die Frösche wollen damit einerseits Weibchen anlocken, andrerseits sind es Wettgesänge, mit denen der stärkste und kräftigste (Sänger) ausgemacht wird.
Dann tritt wieder Ruhe ein. Die Frösche sonnen sich auf Teichrosenblättern.

Im Frühling tönt es oft wie Vogellaute aus dem Wasser – das ist der Gesang der Erdkröten, die zwar nicht im Wasser leben, aber von weither ans Wasser kommen, um ihren Laich frühzeitig ins Wasser zu legen. Dieser ist leicht zu erkennen: Im Gegensatz zu den quallenartigen Laichballen der Frösche legen die Kröten Schnüre aus Eiern, die wie bei Perlenketten aneinander gereiht sind. Da es bei den Erdkröten viel mehr Männchen als Weibchen gibt, kommt es häufig zu wilden Kämpfen.

Wenn es aber wie kleine Glöckchen aus dem Wasser tönt, dann singt eine Unke: Ihr Dudelsack ist ein bunt gemusterter Kehlsack, den sie beim Singen aufbläst.

Ringelnatter

Kleo hatte so interessiert zugehört, dass sie die Schlange erst in letzter Sekunde bemerkte.
„Uhhhh! H-i-l-f-e, ein Ungeheuer!", pfiff sie.
„Jetzt aber! Ich bin doch kein Ungeheuer! Ich bin eine harmlose Ringelnatter! Siehst du nicht die beiden gelben Flecken an meinem Kopf? Die hat sonst niemand!"
„Eine Schlange und harmlos! Hoffentlich hast du gerade keinen Appetit auf Mäuse!"
„Dir werde ich doch nichts tun! Jeder hier weiß, dass du Kleo bist, ein Mäuschen, das sich vorgenommen hat, berühmt zu werden!"
„Danke!", flüsterte Kleo und beruhigte sich langsam.
„Also dann!", züngelte die Ringelnatter. „Ich habe nicht einmal Zeit für ein Sonnenbad auf den warmen Steinen."
„Warum?"
„Weil ich mich gar nicht wohl fühle. Mir ist meine Haut zu eng! Sie ist geplatzt. Ich muss sie loswerden."
„Das ist ja schrecklich! Was machst du denn ohne Haut?"
„Keine Angst, darunter habe ich schon wieder eine neue."
Ehe die Maus noch weiter fragen konnte, war die Natter zwischen den Steinen verschwunden.
Felix und Kleo hörten plötzlich ein Gezeter:
„Jei, jei, jei, jei!"
Sie bemerkten eine kleine Erdkröte, die eine Wunde auf dem Kopf hatte.

„Was ist denn mit dir los?“, erkundigte sich der Igel mitfühlend.
„Bin fast gestorben! Fast gestorben!“, jammerte sie. „Wieso denn das?“
In dem Moment kam eine Wandergruppe des Weges. Maus und Igel versteckten sich schnell, während Tina die kleine, verletzte Kröte entdeckte. Sie sah sie mitleidig an.
„Was ist mit ihr?“, fragte ein Mann.
„Genau kann ich das nicht sagen, aber es wäre möglich, dass eine Schlange sie erbeutet und im letzten Moment wieder ausgespuckt hat.“
„Wie gibt es denn das?“, wunderten sich alle.
„Wenn Schlangen selbst angegriffen werden, verteidigen sie sich manchmal, indem sie ihre Beute ausspucken. Darüber erschrickt ihr Feind meist und ist hoffentlich im Moment mit dem Ausgespuckten zufrieden. Der Schlange bleibt dabei etwas Zeit zur Flucht.“
Die Maus hatte während Tinas Erzählung ihre Ohren gespitzt. Was sie da hörte, gefiel ihr.
„Wenn ich das doch auch könnte!“, dachte sie. Gleich darauf hatte Kleo noch ein Erlebnis mit einer Schlange.
„Wo sind sie? Wo sind sie? Wo sind sie?“, hörte sie rufen und versuchte herauszubekommen, woher die Stimme kam.
„Ahhhh! Hilfe! Schon wieder eine Schlange!“, fiepte sie, als sie das Tier sah.
„Beruhige dich!“, meinte die Große, Dunkle und kroch den Ast hinunter, auf dem sie sich unbemerkt aufgehalten hatte. „Ich habe jetzt andere Sorgen, als kleine Mäuse zu vertilgen. Ich suche sie! Ich suche sie!“

„Wen suchst du?“, erkundigte sich der Wasserfrosch, dem die Sache auch nicht ganz geheuer war.
„Ich suche meine Freunde. Sie haben eine Versammlung an einem geheimen Ort. Dort muss ich hin!“
„Warum?“

„Weil sich viele von uns dort treffen. Wir suchen Wärme und die Nähe zueinander. Dort werden wir uns paaren. Ich möchte sie finden! Wo sind sie?", züngelte die Äskulapnatter und verschwand im Unterholz.
Die Maus erholte sich langsam von ihrem Schrecken über die Begnung mit zwei Schlangen.

Äskulapnatter

Die Äskulapnatter ist unsere größte Schlange. Am Rücken dunkel-olivgrün bis braun, der Bauch ist schön gelb. Sie wird fast 2 m lang und liebt die Wärme mehr als andere Schlangen. Sie ist vermutlich erst mit den Römern aus den Mittelmeerländern zu uns gekommen.

Äskulapnattern waren bei den Griechen fast heilige Tiere und Symboltier des berühmten Arztes Asklepias (auch Äskulap genannt); darum bildet man heute noch Schlangen als Logo vor Apotheken ab.
Die Äskulapnatter klettert sehr gut auf Bäume. Sie wird dadurch zu einem gefährlichen Feind vieler Vögel, deren Nester sie oft plündert. Sie frisst Eier und Junge. Sogar der Eisvogel muss sie fürchten, obwohl er seine Niströhre in senkrechten Lehmwänden anlegt. Die Äskulapnatter kann eben auch sehr steil hinaufklettern.
Äskulapnattern trifft man meist lang gestreckt auf der Straße liegend, wo sie bald Opfer von Auto- und Radfahrern werden. Man sollte sie also von dort verjagen.
Aber bitte nicht angreifen: Die große Schlange beißt sehr rasch zu, ist zwar nicht giftig, erzeugt aber blutende Wunden.

Sumpfschildkröte

Nun beobachtete sie sehr interessiert ein Tier, das auf einem dicken Ast ruhte, der aus dem Wasser ragte.

„Tina nennt die immer ‚Sumpfschildkröten'", erinnerte sich Kleo.
„Bist du aber langsam!", sprach sie sie an.
„Das kommt dir nur so vor!"
„Aber wieso denn? Du liegst schon eine Ewigkeit hier in der Sonne und rührst dich nicht."
„Stimmt nicht! Ich habe meinen Kopf zweimal hin und her bewegt!", rechtfertigte sich die Schildkröte.
„Zweimal? Das ist ja eine Leistung!"
„Was willst du denn? Rennst du vielleicht herum, während du dich sonnst? Dafür bin ich im Wasser äußerst wendig! – Schau, was da gerade daher kommt! Beug dich weit nach vorn, damit du es sehen kannst!"

Süßwassermeduse

Quallen in der Au? Wo gibt's denn so etwas? Da kann man ja gar nicht mehr baden gehen!
Keine Angst. Jawohl, es gibt Quallen in der Au, die so genannten Süßwassermedusen. Sie sind etwa so groß wie ein 2.– Euro Stück; glasig-durchsichtige Wundertiere, die sich pumpend durchs Wasser bewegen.
Sie sind völlig harmlos! Sie brennen nicht, tun uns auch sonst nichts, und sind wahre Wunderwerke der Natur. Man kann durch ihren glasigen Körper schauen. Sie leben von winzigen Schwebetierchen, die sie fangen und essen. Man sieht sie auch nicht oft. In manchen Jahren allerdings, kann man diese wunderbare Begegnung öfters haben.

Kleo traute ihren Augen nicht. Im Wasser schwebte ein durchsichtiges, elegantes, weißes Etwas.
„Bist du schön!“, hauchte die Maus. „Bist du jemand aus einem Mause-Märchen?“
„Nein. Ich bin echt. Ich bin eine Süßwassermeduse!“, erklärte das Wesen und bewegte sich pulsierend und leicht weiter.
„Ich möchte dich näher ansehen. Kannst du nicht zu mir heraufkommen? Nur ganz kurz?“
„Nein, das kann ich nicht. Mein Reich ist das Wasser. Dort oben, wo du lebst, würde ich sofort sterben!“
„Schade, schade! Ich habe nicht gewusst, dass es jemanden wie dich bei uns gibt! Mach's gut!“

Tom suchte nun mit seiner Gruppe im Wasser des Altarms nach Wasserschnecken.
Und er fand sie: Einige trieben auf dem Wasser, andere krochen über Wasserpflanzen.
Faszinierend anzusehen!

„Ich habe etwas Besonderes entdeckt!“, freute sich ein Mädchen und lief Tom entgegen.
„Zeig!“, lächelte er. „Oh ja, das ist das Haus einer Bernsteinschnecke.“
„Ich hab auch eine!“, rief ein Bub, „aber meine ist viel dunkler!“
„Die gibt es in verschiedenen ähnlichen Farbtönen.
Schaut genau:

Tellerschnecke

Schlammschnecke

Tom erzählte:
Mehrere Schneckenarten leben dauerhaft im Wasser. Seltsamerweise atmen nur ganz wenige von ihnen Wasser wie die Fische! Es sind die Sumpfdeckelschnecken.
„Wasser atmen“ – das heißt, sich den Sauerstoff aus dem Wasser holen, was komplizierter ist, als direkt aus der Luft.
Die Luftatmer sind viel auffälliger, weil sie immer an die Oberfläche steigen müssen, um Luft zu schnappen.
Die Schlammschnecke hat ein dunkelgraues, dünnschaliges Gehäuse, das fast 5 cm lang wird, schraubig gewunden ist und in einer Spitze endet. Die Schnecke selbst hat zwei dreieckige Fühler und kriecht oft, verkehrt an der Oberfläche hängend, an dieser entlang. Dazu beult sie die Kriechsohle ein.
Das Gehäuse der Tellerschnecken ist wie ein Teller aufgerollt, der über 3 cm Durchmesser erreicht. Sie kommen viel seltener an die Oberfläche als die Schlammschnecken. Die größte von ihnen ist die Posthornschnecke.

Die Wasserschnecken schaben Algen von Holzteilen, Steinen und auch von den Wasserpflanzen. Im Aquarium kann man sie daher als „Fensterputzer“ verwenden.

Wodurch unterscheidet sich das Haus der Bernsteinschnecke von den anderen?“
Die Maus wusste es. Sie war ja schließlich eine gute Beobachterin!

Bernsteinschnecke

Der folgende Tag war sonnig und warm;
wie gemacht für einen Ausflug.
„Ssrrrrr-ssrrrr! Wumm!“ Kleo duckte sich und legte ihre Ohren an.
„Hilfe! Wer saust denn da um mich herum!“, fiepte sie. Der Stängel, auf dem die Fliegerin gelandet war, schwankte leicht.

„Libelle! Libelle!“, säuselte sie.
Die kleine Maus betrachtete die hübschen, glasartigen Flügel der Fremden.
„Warum saust ihr in solchem Tempo über das Wasser?“, wollte Kleo wissen.
„Weil jeder sein Revier verteidigt oder auch Mücken fangen will! Und die weiblichen Libellen sollen natürlich auch beeindruckt werden. Immer in Eile! Immer in Eile!“
„Aber warum?“

Libelle

Tom begann zu schwärmen:
Unsere vielleicht schönsten und größten Insekten sind am Altarm überall zu finden, ob fliegend, ob sitzend; im Wasser aber in Form ihrer Larven.
Viele Libellenarten kann man sehr gut an der Färbung erkennen. Auf alle Fälle sollte man die beiden Typen unterscheiden:
Kleinlibellen haben einen dünnen, stabförmigen Körper und vier schmale Flügel, die sie beim Sitzen anlegen.
Großlibellen sind größer, dicker und haben vier Flügel, die sie beim Sitzen nach der Seite gestreckt tragen. Auch sind die Vorderflügel anders geformt als die Hinterflügel. Sie fliegen sehr geschickt, schlagen Haken, können in der Luft stehen und rückwärts fliegen – so wurden sie ja zum Vorbild des Helikopters, also des Hubschraubers.
Libellen sind Luftjäger. Sie erbeuten, wie Falken, im Flug Insekten wie Schmetterlinge, Wespen, ja sogar andere Libellen. Sie sehen hervorragend und haben vielleicht die schärfsten und größten Augen unter allen Insekten. Natürlich sind es so genannte Netz- oder Facettenaugen, die aus vielen kleinen Einzelaugen wie ein Mosaik zusammengesetzt sind.
(So ähnlich funktioniert übrigens auch der „Chip“ den wir in jeder Digital-Kamera haben!)

„Einer Libelle, die einmal Flügel hat, bleibt nicht mehr viel Zeit zu leben. Da muss für Nachwuchs gesorgt werden!“
„Und was war, bevor ihr Flügel hattet?“
„Da haben wir im Wasser gelebt; ziemlich lange!“
„Das weißt du doch, Kleo!“, unterbrach der Wasserfrosch, „das haben dir doch unsere Kaulquappen schon berichtet. Große, gefräßige Räuber sind die Kinder dieser Libellen. Rette sich, wer kann, wenn die unterwegs sind!“
„Nun, wenn wir nichts fressen würden, könnten wir nicht wachsen und auch nicht zu wunderschönen Libellen werden!“
„Da hat sie Recht!“, überlegte die Maus. Ihr war im Moment das Wichtigste, dass die da neben ihr nicht sticht.

Libellenlarve

Die Libellenlarven sehen wie kleine Monster aus, mit großem Kopf, grau, klobig, staksen sie durchs Wasser auf der Suche nach Wasserinsekten, Gelsenlarven, Würmern, Kaulquappen. Ja sogar kleine Fische fangen sie, und zwar mit einer besonderen Fangvorrichtung, einer „Fangmaske“. Sie wirkt wie eine Zange, die sie wie einen Roboterarm eingeklappt unterm Kinn tragen und zum Fang blitzschnell ausklappen können, wie Chamäleons.

„Komm, komm, komm, Kleo!", rief der Specht aufgeregt. „Wir müssen dir etwas zeigen! Beeil dich! Igel Felix ist auch schon da und Hops kommt gerade angehoppelt."

Die Maus hatte sich ohnehin schon viel zu lange am Altarm aufgehalten, wo sie auch eine kleine Wohnung besaß, die sehr komfortabel ausgepolstert war. Sie verließ sie nur ungern, aber anderseits hatte sie vor, am Flussufer eine neue, viel schönere zu beziehen.

Weil ihre Freunde schon wieder nach ihr riefen, sprang sie los. Ein starker Wind machte ihr das Weiterkommen etwas beschwerlich. Aber sie verdankte ihm dafür ein wunderschönes Schauspiel:

Höckerschwan

Auf dem Wasser trieb ein Schwan. Er hielt seine schneeweißen Flügel in Form einer Schale und ließ sich wie ein leichtes, märchenhaftes Boot vom Wind treiben.

„Ist der schön!", pfiff die Maus. „Schade, dass die einen nie mitfahren lassen. Da müsste man sich nicht so plagen gegen den Wind!"

Am Seitenarm

„Hier lang!", lotste Jakob die Maus, „gleich hast du's geschafft!"
„Wow!", staunte sie. Ihre Barthaare zitterten vor Aufregung. „Was für eine riesige Wand! Und die vielen Löcher! Wer hat die gegraben?"
„Vögel!", erklärte ihr Jakob, denn er hatte ihnen oft genug dabei zugeschaut.
„Das gibt es nicht. Vögel graben nicht!"
„Und ob sie das tun!"
„Aber wie kommt die Wand hierher?"
„Pst!" Kleo spitzte ihre Ohren.
„Tina kommt! Ab in ein Versteck!", warnte der Specht.
Schon kamen die Menschen näher. Sie waren genauso verwundert über das, was sie sahen, wie die Maus:
„Eine Lehmwand! Wie kommt sie da her?"
„Wieso hat sie so viele Löcher?", fragten die Wanderer.

Dann entdeckten sie plötzlich Grasbüschel und Schilf hoch oben in den Baumkronen.
„Sind das Vogelnester?" fragte einer.
„Sie sehen zumindest so aus", lachte Tina.
„Und da – die umgestürzten Bäume! Was ist denn da geschehen?", wunderten sich die Wanderer.
Tina lachte: „So viele Fragen auf einmal! Dabei ist die Erklärung ganz einfach!"

Genist

Tina ging der Sache auf den Grund:
Hochwässer hinterlassen Spuren, die man auch dann deutlich erkennen kann, wenn das Wasser längst wieder gefallen ist. Sie treten also nur an Seitenarmen auf, die manchmal von Wasser durchflossen werden. Am stillen Altarm wird man sie vergebens suchen.

Abrisswände: Hochwässer bringen immer wieder Lehm mit, der beim Fallen des Wassers Schicht auf Schicht abgelagert wird, bis ein richtiger Hügel entsteht. Ein nächstes Hochwasser reißt den Lehm wieder weg, wo die Wellen auf das Ufer prallen. Der Lehm stürzt herab und eine senkrechte Lehmwand bleibt stehen, in der man oft noch die Streifen der übereinander liegenden Schichten sieht.
Diese Lehmhügel und -wände spielen für die Tiere der Au eine wichtige Rolle, weil viele ihre Bauten darin anlegen, nicht nur Vögel wie Eisvogel und Uferschwalben. Auch verschiedene Insekten, ja sogar Säugetiere wie Biber und Bisam graben ihre Bauten in die Lehmwände.

Tina konnte auch andere Erscheinungen erklären:
Beim Einsturz der Lehmwände fallen auch Bäume ins Wasser. Die werden wieder von Tieren genutzt und sogar als Versteck für kleine Tiere unter Wasser.
Deutliche Hochwasserspuren sind auch die Geniste. Das sind die Grasbüschel, Blatthaufen, einzelne Halme, die ihr gerade hoch in den Kronen der Bäume oder Büsche gesehen habt.
Denn Gräser, Blätter, Halme schwimmen natürlich oben auf dem Wasser – also auch bei Hochwasser. Strömt das Hochwasser durch eine Baumkrone, bleiben diese Büschel hängen.
Fällt das Wasser wieder, kann man an der Höhe dieser Geniste im Baum sehen, wie hoch der Wasserstand beim letzten Hochwasser war.

„Sind diese Löcher wirklich Wohnungen?" fragte Kleo den Specht, nachdem die Menschen weiter gegangen waren. Jakob nickte.
„Und sind sie alle bewohnt?"
„Nicht alle, aber viele! Du wirst doch nicht ..."
„Doch, ich würde gerne in eines einziehen. Dort muss es recht gemütlich sein."
„Schlag dir das aus dem Kopf!"
Plötzlich kam ein kleiner, blauer Vogel geflogen.

Sie beobachteten ihn dabei, wie er mit erstaunlicher Kraft Lehm aus der Wand scharrte.
„Das wird ein langer Gang mit einer Bruthöhle am Ende", berichtete Jakob. „Mühevoll ist das, sag ich euch, und es dauert sehr lang!" Da meißelte er selbst seine Nisthöhle doch lieber nach Art der Spechte in Bäume.

Der Eisvogel ist eines der berühmtesten Tiere der Au. Er gräbt seine Niströhren waagrecht in den Lehm, fast 1 m tief. Ganz innen liegt das Nest mit den Jungen.
Doch mit der Zeit wachsen Pflanzen an der Abrisswand und umranken das Flugloch. Das ist gefährlich, weil über die Pflanzen Feinde wie Äskulapnatter, Marder, Wiesel, Ratten an das Nest kommen.
Nur wenn immer wieder ein neues Hochwasser die Pflanzen entfernt und eine neue Abrisswand erzeugt, können die Feinde nicht heran.

Tinas Gruppe hielt sich immer noch in der Nähe auf. Plötzlich erschien ein zweiter Eisvogel mit einem Fisch im Schnabel und nahm auf einem Ast Platz.

Eisvogel

Eisvogel mit Fisch

Was für ein seltenes Erlebnis! Keiner getraute sich zu rühren!
Der Vogel schlug den Fisch mehrmals auf das Holz, bis er sich nicht mehr bewegte. Dann nahm er ihn mit dem Kopf nach vorne in den Schnabel und flog weg.
„Schade!", seufzten die überraschten Zuschauer, aber jeder von ihnen war dankbar, einen Eisvogel überhaupt einmal gesehen zu haben; noch dazu so nahe!
Auch Kleo war begeistert.
„Was glaubst du, wo der jetzt hinfliegt?", fragte Jakob die Maus.
„Keine Ahnung. Weißt du das denn?"
„Oh ja! Ich habe ihn ja oft genug beobachtet: Er fliegt zu seinen Jungen und bringt ihnen den Fisch!"
In dem Moment erklärte Tina:
„Wenn ein Eisvogel einen Fisch mit dem Kopf nach vorne im Schnabel hält, will er ihn verfüttern. Er selbst schluckt ihn immer mit dem Kopf voran!"
„Warum?", fragte jemand.
„Weil sich die Schuppen des Fisches sonst in seiner Kehle aufstellen würden! Das wäre sehr unangenehm!"
Die Begegnung mit dem Eisvogel war ein tolles Erlebnis für alle! „Ich würde so gerne in seine Brutkammer gucken!", vertraute die Maus dem Specht an. „Wie könnte ich das nur anstellen?"
„Gar nicht!", antwortete er klipp und klar.

Dass es doch auch Dinge gab, die für sie, die beliebte Au-Maus, unerreichbar waren, fand sie nicht so gut. In solchen Fällen musste sie sich eben auf das verlassen, was Freunde ihr berichteten. Aber im Moment hatte sie ohnehin andere Sorgen:

Zwischen den Sträuchern war nämlich Schlaubi, der Fuchs, aufgetaucht.
„Du schleichst aber heute besonders langsam durch die Gegend", begrüßte sie ihn.
„Ich mache mir eben Gedanken!"
„Worüber?"
„Über das, was Tiere berichten, die von außerhalb der Au kommen. Vielen geht es dort gar nicht gut."
„Wieso denn das?"
„Sie sagen, dass die Menschen sie verdrängen; dass sie ihnen ihren Wohnbereich wegnehmen."
„Und sie legen viele Wiesen trocken, sodass die Störche und andere Tiere nicht mehr ausreichend Futter finden können", krächzte die Krähe Krah, die sich zu der kleinen Schar gesellt hatte.
„Sie geben uns zu wenig Unterschlupf!", beschwerte sich Igel Felix. „Sie mähen alles ab und reißen Hecken nieder. Wo soll man sich da noch verstecken können?"
„Sie sprühen Gift auf Felder und Bäume!", beschwerte sich Hase Hops, was die Bienen übrigens sofort bestätigten.
„Und Gift landet auch im Wasser!", erzählte ein Graureiher. Das wusste er von den Fischen und den Wasserpflanzen.
„Sie legen zu viele harte Bänder über unsere Wiesen und fahren darauf so viele von uns tot", meldete sich Igel Felix noch einmal, weil ihm das sehr nahe ging. Dieses Schicksal teilten übrigens auch Schlangen, Hasen und manch andere.

„Wir müssen etwas dagegen tun!", entschied die Maus nach kurzem Nachdenken.
„Wir? Wir Tiere? Wie stellst du dir denn das vor?"
„Das weiß ich noch nicht genau!", antwortete sie, aber der kluge Igel ergänzte:
„Abwarten. Kommt Zeit, kommt Rat!"

Der Wind hatte inzwischen dunkle Wolken herangeblasen. Kleo drehte sich noch einmal nach der Lehmwand um, denn eines der Löcher hätte sie schon gerne bezogen.
„Sei froh, dass du da nicht einziehst, Kleo", warnte sie die Krähe.
„Warum?"
„Es braucht nur eines dieser schrecklichen Hochwässer daher kommen und weg sind sie."
„Wie, weg?"
„Das Wasser reißt oft Teile der Wände ab und bringt Sand, Sand, Sand und Steine mit.
Dabei wird vieles zerstört und es ist zunächst einmal vorbei mit dem friedlichen Wohnen in der Lehmwand. Danach müssen alle wieder von vorne anfangen, sich einzurichten."
„Dafür kriegen manche aber auch neue Wohnungen und bessere dazu!", das wusste Schlaubi genau.
„Stimmt!", gab ihm Jakob Recht.
„Aber was geschieht mit den armen Vögeln, wenn das Wasser daherkommt?", sorgte sich die Maus.
„Nun, sie haben Flügel, um wegzufliegen."
„Und die Jungen? Hoffentlich sind die dann auch schon soweit."
„Hoffentlich. Jedenfalls möchtest du dann sicher nicht mehr hier sein."
„Nein, wenn das Wasser hereinbraust, wird es sehr ungemütlich", beschrieb Jakob. „Es reißt Steine, Schlamm und Bäume mit!"

Die Tiere versteckten sich, weil sie Tina mit Au-Besuchern kommen hörten.
„Wir sind jetzt an einem Nebenarm der Donau angekommen!", beschrieb sie.
„Wieso Nebenarm?", fragte jemand.
„Weil das Wasser hier direkt von der Donau kommt."
„Und die Löcher am Ufer?"
„Die gehören sicher den Bibern!", rief Goran begeistert, weil Biber zu seinen Lieblingstieren gehörten.
„Nein, die gehören den Bisams. Für Biber wären diese Schlupflöcher viel zu klein. Man sieht sie meist nur, wenn es einmal wenig Wasser gibt so wie jetzt."

Biber

Bisam-Löcher

„Wieso sieht man Biber so selten?", erkundigte sich ein Kind.
„Weil sie sehr scheu sind. Meist sind sie nur in der Dämmerung und nachts unterwegs."
Die Menschen ahnten nicht, dass doch ein Biber in ihrer Nähe war und sie sogar beobachtete.
„Die glauben, wir bemerken sie nicht! Dass ich nicht lache!", flüsterte er listig und kaute genüsslich an saftigen Grünpflanzen. „Gut versteckt und leise, das ist der Trick, meine Lieben!"

„Ich möchte so gerne einen abgenagten Baumstamm sehen!", bat ein Kind.
„Auch das noch! Nein, nein, da verabschiede ich mich lieber. Tschüss!", brummte er und platschte an einer verborgenen Stelle ins Wasser.
Kleo horchte auf:
„Was war das für ein Geräusch?"
„Es war gar nichts. Du hast dich getäuscht!", versicherte ihr Jakob, der ausnahmsweise einmal nicht aufmerksam gewesen war.
„Ha, ha! So kann man auch kleine Mäuse täuschen!", freute sich der Biber und steuerte seinen unterirdischen Bau an.
Die Wanderer wurden von leisem Donnern dazu ermahnt, sich vorsichtshalber doch etwas zu beeilen.
„Wir gehen jetzt noch über die Traverse", schlug Tina vor. „Von dort haben wir es dann nicht mehr sehr weit zu den Parkplätzen. An der Traverse zeige ich euch noch schnell etwas Interessantes."
„Etwas Interessantes?" Da war die Maus sofort dabei, obwohl sie vom langen Laufen müde war.
„Einer mit Flügel hat es viel leichter!", beneidete sie den Specht.
„Was ist eine Traverse?", erkundigte sich Ali bei Tina.

„Eine Traverse ist ein Übergang. ‚Traversare' bedeutet in der italienischen Sprache ‚überqueren'. Und, seht ihr, genau das tun wir jetzt. Wir überqueren eine Wasserstelle auf einem Damm aus groben Steinblöcken, den Menschen einmal gebaut haben und kommen dadurch rasch an das Ufer der Donau."
„Du wolltest uns etwas Interessantes zeigen!", erinnerte Dani die Rangerin.
„Ja, stimmt! Hier!"
Tina zeigte auf leere Muschelschalen.

Teichmuschel

Flussmuschel

„Die sehen ja ganz verschieden aus", bemerkte ein Mann.
„Richtig! Das erkläre ich euch aber besser im Gasthaus, wenn wir vor dem Regen sicher sind", lächelte Tina. „Ich glaube, wir sollten jetzt rasch umkehren."

„Wie kommen die Muscheln hierher?", wollte Wan-Yu noch wissen.
„Das Wasser spült sie an. Manche kommen von weit her, wie z. B. die Wandermuschel. Die könnte interessante Geschichten erzählen!"
Ein weiterer Donner und die Au-Besucher liefen fort.
Interessante Geschichten? Da konnte die Maus nicht widerstehen. Sie wandte sich an eine der kleinen, gestreiften Wandermuscheln, die mit etlichen anderen an Steinen festsaß.
„Hallo?"

Noch ehe sie sich weiter bemerkbar machen konnte, hörte sie sie leise singen:

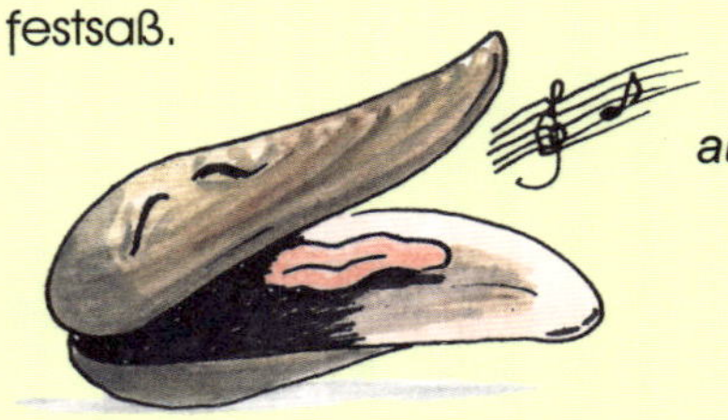

Vom Meer, vom Meer
da sind wir her.

Schiff lud uns in geheimer Weise
ein zu einer langen Reise.

Wir klebten, klebten felsenfest,
an die Schiffswand angepresst.

Wasser, Wasser, nahm uns mit
auf Schritt und Tritt, auf Schritt und Tritt.

Wasser grün und Wasser blau.
Jetzt ruhen wir hier in der Au.

Tina erklärte:
Es gibt nur wenige Muschelarten in der Donau und den angrenzenden Gewässern.
Die Flussmuschel: Ihre Form ist länglich mit einem deutlichen „Wirbel" nahe dem Vorderende. Die Schalen sind dick – schließlich müssen sie ja den Druck des fließenden Wassers aushalten. Am oberen Rand haben die Schalen ein „Schloss". Das heißt, eine Schale hat eine Rille, die Gegenschale dort eine Leiste, die in die Rille greift, wenn sich die Schalen schließen. Ein Tischler würde sagen: „Nut und Feder" oder „Klick-System". Das Schloss verhindert, dass etwa die Strömung die Schalenklappen auseinander reißt.
Eine besonders große Flussmuschel-Art, die sehr selten geworden ist, ist die Malermuschel. Sie heißt so, weil früher die Maler ihre Farben in diesen Muschelschalen angerührt haben.
Die Teichmuschel ist größer (erreicht bis zu 15 cm Länge!), aber die Schalen sind dünn und brechen leicht. Sie lebt ja im Stillwasser, also im Schlamm der Seen und der Altarme. Ihre Schalen haben auch kein Schloss.

Die ersten Regentropfen fielen.
„Ich würde gerne noch mehr über diese Muscheln wissen!", wünschte sich die Maus.

Wandermuscheln

Dann sah sie aber besorgt auf die dunklen Wolken und lief schnurstracks nach Hause. – Das war auch gut so, denn bald fegte ein Sturm durch die Baumkronen, dass sich die Stämme bogen, und es begann sehr stark zu regnen. „Umso behaglicher ist es zu Hause! Endlich einmal richtig ausruhen!", seufzte die Maus erleichtert und schlief ein.

Auch zur Wandermuschel wusste Tina viel zu sagen:

Die Wandermuschel (auch Dreikant- oder Zebramuschel genannt) ist keine heimische Muschel; sie ist unbeabsichtigt mit Donauschiffen aus dem Schwarzen Meer zu uns gekommen. Ihre Schalen sind dreikantig, zebraartig gestreift. Sie wird nur 2 cm lang. Aber sie erzeugt einen klebrigen Stoff, den „Byssus", der sehr bald im Wasser zu festen Fäden erstarrt, mit dem sie sich an Steinen oder an anderen Muscheln anheftet. Darum tritt sie häufig in traubenartigen Klumpen auf. Mit dieser Methode hat sie sich auch an die Schiffe geheftet, mit denen sie zu uns eingewandert ist.
Im Winter wird sie allerdings wichtig: Die Schellenten tauchen gerne nach diesen Muscheln, pflücken sie von den Steinen und knacken sie auf.

Irgendwann wurde sie unsanft geweckt.
– Wasser! Wasser drang in ihr Nest! Schlimmer noch: es überflutete alle Hohlräume zwischen den Wurzeln ihrer unterirdischen Behausung. Kleos Herz schlug schnell und schneller.
„Eine kluge Maus hat Notausgänge!", überlegte sie verzweifelt. Doch die erdigen Wassermassen flossen ihr von überall entgegen.

Stehendes Hochwasser

„Hilfe!", rief sie in Panik, „Hilfe! Wie komme ich hier heraus?"
Wer sollte die schwache Stimme einer kleinen Maus in dem Getöse hören und wer würde ihr helfen können, wo doch alles, was kriechen und laufen konnte, in Panik flüchtete. Wohin? Kleo heftete sich an eine herabhängende, dünne Wurzel und schwang sich mit ganzer Kraft nach oben. Aber dort, wo sie früher Waldboden gespürt hatte, rauschte jetzt ein wilder Fluss.
„Hilfe!", schrie sie und sah mit Entsetzen, was sie lange nicht vergessen konnte: Rehe, Wildschweine, Hasen, Mäuse, Füchse, schwammen um ihr Leben. Ein Dachs hatte es nicht mehr geschafft. Er trieb leblos im Wasser.
„Achtung! Hochwasser! Raus aus dem Wald! Hin zu den Wiesen! Weiter zum Schutzdamm!", krächzte die Krähe Krah und wandte alle Kraft auf, um gegen den Sturm und den peitschenden Regen anzukämpfen. Wollte sie doch den Tieren unbedingt einen Weg zeigen, der sie vielleicht ins Trockene führen könnte. Jakob half ihr dabei.

Die Maus war ins Wasser gespült worden und ruderte nun aus Leibeskräften, um irgendwo Halt zu finden. Sie fühlte, dass ihre Kraft schwand, fing sich im letzten Moment an einem Baumstamm und hielt sich an seiner rauen Rinde fest. Sie zitterte am ganzen Körper und sah entsetzt in die schmutzigen, braunen Fluten. Das Schlimmste war, dass das Wasser immer noch stieg. Also musste sie höher und höher klettern. Da, endlich fand sie ein Loch im Stamm, das wahrscheinlich ein Specht im Frühjahr gezimmert hatte. Gottlob! Hier konnte sie wenigstens sitzen und etwas ausruhen.

Das Unwetter hielt einen weiteren Tag und eine weitere Nacht an. Am dritten Morgen fegte der Sturm hellere Wolken herbei und zerfetzte sie schließlich, sodass erste schwache Sonnenstrahlen durchdringen konnten.
Das unheilvolle Tosen des aufgebrachten Wassers hatte sich beruhigt. Der Wasserspiegel lag nun glatt zwischen den Bäumen.

Da sah Kleo von ihrer hohen Warte klopfenden Herzens etwas, das sie noch nie gesehen hatte: Ein langer, dicker Baumstamm trieb auf dem Wasser. Auf ihm saßen verschiedene patschnasse Tiere, die sich an ihm festklammerten, in der Hoffnung, irgendwo an Land getrieben zu werden. Gerettet werden! Einmal noch gerettet werden! Dabei vergaßen sie vollkommen, dass sie unter normalen Umständen Fressfeinde waren. Einer sah den anderen mit verängstigtem Blick flehentlich an: „Tu mir nichts!" „Ich tu dir nichts!" „Ich tu dir auch nichts!", schienen sie einander zu sagen und warteten voll Angst auf ein möglichst gutes Ende der Katastrophe.

Das kam auch. Wie reißende Wassermassen rasend schnell daher kommen, ziehen sie sich oft auch bald wieder zurück.
„Was wohl aus Felix, aus Hops und Schlaubi und aus all den anderen geworden sein mag?", überlegte die zitternde Maus besorgt in ihrer kalten Spechthöhle. „Ob sie überlebt haben?"
Sie hatten Glück gehabt und trafen einander bald nach dem schrecklichen Ereignis auf einer nassen Schotterbank, die das Donauwasser angehäuft hatte. Nun aber machten sie sich große Sorgen um Kleo. Wo war sie? Was war mit ihr geschehen? Lebte sie noch? Brauchte sie Hilfe? Weil sie keine Antwort darauf fanden, sandten sie Krah und Jakob aus, um nach ihr zu suchen.
Nach und nach wagte sich Kleo Stückchen für Stückchen von ihrem Baum herunter.
„Danke, lieber Baum! Du warst meine Rettung!", fiepte die Maus. Obwohl sie schwach und müde war, hüpfte sie dennoch von einer halbwegs trockenen Stelle zur anderen. Jakob entdeckte sie und lotste sie auf eine Schotterbank am Flussufer.

Am Flussufer

Am Flussufer

Eine Zeit lang konnten Menschen das Flussufer gar nicht erreichen, weil es noch zu viele überschwemmte Stellen gab. Erst nach einigen Tagen war Tom wieder mit einer Wandergruppe unterwegs. Alle staunten, was das Hochwasser aus der Landschaft gemacht hatte. Es hat sie verändert.
„Woher kann nur so schnell so viel Wasser kommen?", wunderten sich manche Besucher.
Die Maus wusste aus Erfahrung: „Es hat so viel kaputt gemacht!"

Jakob hingegen glaubte, dass das Hochwasser vielleicht auch seine guten Seiten haben könnte. Genau kannten sie sich jedoch nicht aus. Darum hörten sie Tom gerne zu, der das bald darauf erklärte.
Die Kinder liefen inzwischen auf dem schmalen Strand umher und freuten sich über die bunten Kiesel.
„Wieso sind alle rund?", erkundigte sich ein Mädchen.
„Weil sie sich abgeschliffen haben. Horcht einmal genau hin! Hört ihr das Geräusch? Das entsteht, wenn sie sich aneinander reiben. Deshalb heißt es auch: ‚Die Donau singt!'"
Die Wanderer marschierten weiter.

„Die Donau singt?" Das interessierte die Maus. Sie legte sich ganz still an den Uferrand und hörte dem Geschiebe des Flusses andächtig zu:

Geröll

Rausche, Wasser, leise
auf deiner langen Reise.
Schiebe, schieb mit jedem Schritt
Kiesel, Kiesel, Kiesel mit.

Immer mit dem Fluss im Bund
Kiesel länglich, Kiesel rund;
weiß gestreift und rot geschichtet,
schwarz gefleckt und gelb gelichtet.

Der Strom wird größer, tiefer, breiter,
die Kraft des Flusses schiebt euch weiter.
Schiebe, schiebe, Donau, leise,
Kiesel mit auf deiner Reise.

„Ich bin so mü-ü-de!", seufzte die Maus.
Die Sonne tat ihr gut. Sie schlief rasch ein.

Fast jedes Jahr tritt die Donau über ihre Ufer und überschwemmt die Auen. Dann ziehen breite Ströme durch den Wald, zwischen den Bäumen durch, die tief im Wasser stehen. Seitenarme verwandeln sich in reißende Ströme. Gurgelnd schäumt der wild gewordene Fluss durch seine Nebenarme und durch den Wald.
Eine Katastrophe? Keineswegs! Die Au braucht diese Hochwässer, viele Eigenheiten der Auenlandschaft sind nur durch Hochwasser-Ereignisse erklärbar. Neue Inseln entstehen, neue Seitenarme werden aufgerissen, alte durchgespült, manche werden durch Geröllriegel verlegt und abgesperrt und so zu neuen Altarmen.
Das Hochwasser kommt von den Zuflüssen der Donau her, die nach der Schneeschmelze oder nach heftigen, lang andauernden Regengüssen anschwellen und ihr Wasser in die Donau leiten, die wie ein Trichter das Wasser aus ihren Zubringern sammelt und dann natürlich über die Ufer tritt.
Für viele Auentiere ist das Hochwasser allerdings eine Katastrophe. Manche können sich auf Bäume retten (Schnecken, Schlangen), manche klettern auf die im Wasser treibenden Baumstämme und werden vom Wasser in neue Gegenden geschwemmt, wo sie neue Lebensräume erobern können.

Größere Tiere kommen mit dem Hochwasser sehr verschieden zurecht: Hirsche und Wildschweine können hervorragend schwimmen, Rehe nur sehr schlecht. Sie müssen rasch rettende Hügel, Heißländen oder den Marchfeld-Schutzdamm zur Rettung erreichen.

Viele meinen, ein Fluss sei nichts weiter als eben fließendes Wasser. Weit gefehlt! Ein Fluss ist viel mehr. Es gehören seine Ufer dazu und seine Sohle, auf der er dahin fließt; sein Flussbett eben. Bei Flüssen wie der Donau besteht dieses Bett aus gröberen Steinen, Geröll, Kies und Sand. Die Donau hat sich ihr Bett selber mitgebracht!
Aus den Bergen, wo ihre Zuflüsse entspringen, hat das Wasser die Steine gelockert und schleppt sie nun mit. Sie schlagen aneinander, stoßen sich die Ecken ab, beginnen zu rollen und werden schließlich zu glatten, rundlichen Steinen abgeschliffen – nicht umsonst nennt man sie Geröll. Als „Donausingen" kann man das Schlagen des Gerölls sogar hören! Aber auch Sand ist dabei, der natürlich viel leichter im Wasser dahintreibt, und sogar etwas, das noch feiner ist: Der Auenlehm oder Letten. Er ist dafür verantwortlich, dass die Donau braun wie Milchkaffee aussieht, denn die kleinen, dunklen Teilchen schweben tagelang im Wasser ohne sich abzusetzen.
Am Ufer aber werden all diese Bestandteile abgelagert. Da kann man sie finden: das Geröll, den Sand und dazu an so manchen Stellen den Letten, auf dem man wie auf Seife ausrutscht, wenn er noch nass ist.

Keimlingsparade

Aber die Maus war offenbar nicht allein, denn sie hörte Stimmen. Sie kamen von winzigen Uferbäumchen, die sich miteinander unterhielten:
„Du willst eine Pappel sein?", machte sich eines lustig.
„Freilich! Und du? Du siehst mir nicht nach einer Weide aus mit deinen paar mickrigen Blättchen."
„Warte nur ab! Ich werde mit jedem Tag größer und stärker!"
„Ich auch!"
„Du bist zu nahe an mich herangerückt!", beschwerte sich sie winzige Weide. „Ich brauche nämlich viel Platz!"
„Ich auch!", beharrte die kleine Pappel.

„Ich sage euch etwas", ließ sich der Specht hören, „ihr könnt ruhig aufhören zu streiten. Wer weiß, ob ihr das nächste Hochwasser überhaupt übersteht!"
„Wir wollen auch leben!", hörten sie.
„Wer ist ‚wir'?"
„Wir sind Samen, und wir wollen auch einmal große Bäume werden!"

Schotterpioniere

Sie lagen auf den Kieselsteinen und zwischen ihnen; ja, manche schwammen sogar noch im Wasser. Einige nannten sich „von der Weide", andere „von der Pappel", aber es gab auch welche, die mit „von Paradeiser" und „von der Brombeere" angesprochen werden wollten.
„Und wir haben es eilig! Sehr eilig!"
„Wieso denn das?"
„Versteht ihr denn nicht?", riefen jetzt viele im Chor. „Wenn wir nicht innerhalb kurzer Zeit einen Landeplatz finden, ist es vorbei mit uns."

Im Geröll des Flussufers sieht man häufig einen ganzen „Mini-Wald" aus winzigen Bäumchen, die eng gedrängt da stehen, ein paar Blätter tragen und richtige kleine hölzerne Stämmchen haben. Das sind die Keimlinge der Weiden und Pappeln, die hier einen passenden Keimplatz gefunden haben: nackter Boden, gut durchfeuchtet, und nah an den Mutterpflanzen. Vergessen wir nicht: Pappel- und Weidensamen können nur innerhalb von 6 Stunden nach dem Ausfliegen keimen; in dieser Zeit müssen sie einen passenden Keimplatz gefunden haben. Natürlich gibt es kaum Erde zwischen den Geröllsteinen. Aber die Pflänzchen suchen mit ihren Würzelchen nach Spuren von Erde und finden sie auch, vor allem, wenn auf oder zwischen dem Geröll Letten liegt, also der feine Aulehm.
Ihr Schicksal ist ungewiss. Steigt der Fluss, dann stehen sie oft lange unter Wasser. Eine Weile halten sie das aus, aber viele von ihnen gehen zugrunde; nur einige überleben.

„Wir haben es geschafft!"
„Oh ja, wir haben es gottlob geschafft!", rauschten etwas größere Bäume, die im Hintergrund standen. Sie hatten schon richtige Stämme und sogar Baumkronen.
Auf der Geröllfläche aber standen mehrere Gräser und Blumen, sogar ein Löwenzahn war dabei.
„Wer weiß, ob wir das überleben? Wenn das Wasser kommt, ist es aus mit uns. Aber vielleicht kommt es nicht!" wisperten sie.
Die Maus dachte darüber nach und überlegte für sich: „Wahrscheinlich wäre es keine gute Idee gewesen, mein neues Nest am Flussufer zu bauen! Zu unsicher! Zu unsicher!" Dann zog sie den Kopf ein, weil eben ein großer schwarzer Vogel über sie hinwegflog und auf der Wasseroberfläche landete. Er schaukelte auf ihr wie ein leichtes Boot.

Eine Geröllfläche bleibt nicht lange kahl. Der Fluss treibt viele Samenkörner an und diese beginnen zu keimen. Die jungen Pflanzen senken Wurzeln zwischen die Steine und nehmen die Nährsalze auf, die die Steine abgegeben haben. Und bald keimt eine bunte Gesellschaft von zufällig zusammengewürfelten Pflanzen, sogar Tomaten, Löwenzahn und Sonnenblumen sind darunter!
Doch das erste Hochwasser entscheidet über Bleiben und Vergehen: Pflanzen, die das Wasser nicht vertragen, sterben, die anderen machen sich breit und überwuchern bald die Geröllfläche. Unter ihnen sind zwei gelb blühende auffällig: das Barbarakraut und die Wasserkresse. Eine weitere Pflanze, der Ampfer-Knöterich, hat sehr schmucke Blätter: grün mit einem dunklen Fleck in der Mitte.
Auch einige Gräser halten das Wasser gut aus; hervorstechend eine meterhoch wachsende Art, die lebhaft an Schilf erinnert, das Rohrglanzgras.

Kormoran

Tom hätte einiges über diesen schönen Vogel zu sagen:
Der Kormoran ist unser größter Fischjäger. Mit seinem schwarzen Gefieder sitzt er in Ruhe mit aufgerichtetem Körper meist nicht direkt auf dem Geröll, sondern auf angeschwemmten Ästen und Baumstämmen. Er jagt schwimmend und tauchend: Beim Schwimmen sinkt er tief ein, nur Kopf und Hals lugen aus dem Wasser. Fortwährend blickt er unters Wasser. Entdeckt er einen Fisch, taucht er blitzschnell ab (bis ca. 10 m tief!) und fasst ihn mit dem Hakenschnabel. Damit er besser tauchen kann, fettet er sein Gefieder nicht ein. Er muss es daher nach der Jagd trocknen, indem er mit ausgebreiteten Flügeln wie ein Wappenadler auf Steinen oder Ästen sitzt. Er hat als einziger Wasservogel Schwimmhäute zwischen allen vier Zehen.
Kormorane nisten nicht im Nationalpark. Sie sammeln sich aber abends, vor allem im Spätherbst, in riesigen Mengen auf eigens erwählten „Schlafbäumen“, die dann unter dem Kot der Tiere absterben und wie weiß gestrichene Baum-Gerippe am Ufer stehen.

„Hallo, Kormoran! Hast du vielleicht Hunger?“, rief ihm Krah zu.
„Und ob!“
„Pass auf, Kleo“, flüsterte die Krähe, „ jetzt wird er gleich einen Hüpfer machen und abtauchen.“
Und – hops – passierte das auch.
„Wieso weißt du das mit dem Hüpfer?“, staunte Kleo.
„Das beobachtet man halt so!“, erwiderte Krah stolz.
„Uuaaahh! Hilfe!“, hörte die Maus, weil sie ganz dicht am Wasser lag. Ein paar kleine Fische waren blitzartig ins seichte Uferwasser geschossen.
„Was habt ihr?“
„Der Kormoran!“, riefen sie. „Wenn der kommt, müssen wieder einige von uns dran glauben!“

„Er hat eben auch Hunger!", erklärte die resolute Maus.
„Hast du schon einmal seinen scharfen Hakenschnabel zu spüren bekommen? Wenn der einen hinter den Kiemen packt, ist es vorbei."
„Jeder hat seine Jagdmethode! Chro-chro-chro-chro!", verteidigte sich der Kormoran, machte wieder – hüpf – und verschwand in den Fluten.

„Wie bin ich zufrieden!", rauschte der Fluss. Kleo konnte es ganz deutlich hören. „Ich darf hier frei fließen; nichts schränkt mich ein. Meine Wasser nähren die schöne Au. Mein Reichtum sind die Fische."

In dem Moment tauchte Rangerin Tina mit einer Wandergruppe auf.
„Zu dumm!", ärgerte sich die Maus.
„Ausgerechnet jetzt, wo ich einem Fluss zuhören könnte!"
Plötzlich machte es „platsch", und alle Kinder lachten schallend. Einer von ihnen war auf dem Lehm, den das Hochwasser zurückgelassen hatte, ausgerutscht.
„Ha, ha! Schaut, der Mario liegt im Gatsch!", riefen sie.
„Auf den Letten rutscht man leicht!", bestätigte Tina. Der Bub wurde abgeputzt und die Gruppe wanderte weiter.

Graureiher

„Der da rutscht aber nicht!", stellte Kleo fest und wies auf einen Graureiher, der über den Letten hinweg majestätisch in Richtung Flussufer schritt.
„Wieso eigentlich nicht?"
„Graureiher, die in ihrem Jagdbereich ausrutschen! Das wäre ja noch schöner!", ärgerte sich der hübsche Vogel.
Er ließ Spuren im Lehm zurück. Darauf waren die Abdrücke dreier langer, kräftiger, breit gespreizter Vorderzehen zu erkennen.

„Deshalb!", deutete Krah auf die Spuren.
„So etwas hab ich allerdings nicht!", stellte die Maus fest, „aber ich rutsche trotzdem nicht aus!"
„Das glaub ich, bei deinem Federgewicht!", machte sich Krah lustig.
Da machten ein paar kleine Fische auf sich aufmerksam. Sie waren vor dem Kormoran ins seichte Uferwasser geflüchtet:
„Hilfe!", riefen sie, „ein langer Hals, ein langer Schnabel! Schon wieder ist einer da, der uns verschlingen will! Ab ins Tiefe!"

Freilich waren nicht alle so schlau, und so kam der Graureiher doch noch zu einer Mahlzeit. „Chraik – chraik!“, gab der Reiher von sich. „Jetzt wird er wahrscheinlich wegfliegen“, flüsterte Tina. „Graureiher machen vor dem Wegfliegen meist zuerst einen oder zwei Hopser.“
Tatsächlich: „hüpf!“ Der Vogel breitete seine Flügel aus und hob ab. Der Kormoran hingegen hatte inzwischen auf einem überhängenden Ast Platz genommen, hielt die Flügel weit ausgebreitet und ließ seine schillernden Federn in der Sonne trocknen.

Flussuferläufer

„Den habe selbst ich noch nicht gesehen!“, wunderte sich die Maus, als ein hell gefärbter Vogel knapp über der Wasseroberfläche angeflogen kam. Er landete am Ufer der Donau und wippte eifrig mit dem Schwanz.
„Bist du ein Fremder?“, wollte Kleo wissen.
Der scheue Vogel sah Kleo misstrauisch an, war aber sicher, dass sie keine Gefahr für ihn darstellte. Daher antwortete er ihr auch:
„Nein, ich bin kein Fremder. Ich komme jedes Jahr zu Frühlingsbeginn an den Strand der Donau. Hier lässt es sich nämlich gut brüten.“
„Wenn die Menschen nicht am Ufer herumlaufen!“, ergänzte Jakob.
„Noch schlimmer: wenn sie sich nicht zwischen den Uferbäumen ausbreiten“, kritisierte der schöne Vogel „und wilde Musik mitbringen!“
Er trippelte am Ufer auf und ab und pickte verschiedenes auf.

„Was isst du da?“, erkundigte sich die Maus.
„Kleine Krebschen, Würmer, Käfer, was sich eben so finden lässt. Aber jetzt muss ich zurück zu meinem Nest.“ Er wippte noch einmal und flog ab.

Kleo setzte sich zurecht, schüttelte etliche Sandkörner aus ihrem Fellchen, putzte sich sorgfältig mit ihren niedlichen, kleinen Pfötchen und strich zum Abschluss noch über ihre langen, seidigen Barthaare. Dann trippelte sie in Richtung Uferwald. Sie sprang über Kieselsteine und hielt plötzlich inne: Was war denn das? Vor ihr lagen Eierschalen, die fast die gleichen Farben hatten wie die Steine rundum.
„Wem haben die denn gehört?“, rätselte sie.
„Mir haben sie gehört!“, piepste ein unscheinbarer kleiner Vogel, „mir, dem Flussregenpfeifer.“
„Und wo sind deine Jungen?“
„Alle flügge, Gott sei Dank. Aber das waren Aufregungen! Ich sage dir! Nicht nur, dass man sich vor jedem Regen fürchten muss, kommen da auch noch ständig Menschen daher, die sich tausendmal bücken und auf dem Strand herumsuchen. Wie soll man da in Ruhe brüten können!

Flussregenpfeier

Der etwa amselgroße Vogel mit grauem Rücken und weißem Bauch läuft zur Nahrungssuche am Flussufer entlang und sucht nach Kleintieren wie Spinnen und Käfern, vor allem auch nach angeschwemmten Tieren, die sich im so genannten „Spülsaum“ finden. Bleibt er stehen, dann wippt er auffällig mit dem Körper. Wenn man ihn erschreckt, stößt er einen hohen, leise flötenden Ruf aus und fliegt meist knapp über das Wasser zum nächsten Flachufer. Sein Nest mit vier braun gesprenkelten Eiern legt er auf den höher gelegenen Teilen des Ufers an, auf dem Boden, unter dem Ufergesträuch versteckt – ein Grund, viele Schotterbänke von Besuchern frei zu halten.
Flussuferläufer können sogar schwimmen und tauchen, tun das aber nur, wenn sie vor einem Greifvogel fliehen müssen.
Den Winter verbringen unsere Flussuferläufer in Afrika. Andere trifft man aber auch ganzjährig an den Meeresküsten an, an der Nordsee, am Schwarzen Meer, in den Tropen – einfach überall.

Nein, nein, das mache ich nicht noch einmal mit! Nächstes Mal lege ich meine Eier nur mehr dort, wo Menschen nicht hinkommen dürfen!"
„Sehr gescheit!", bestätigte Jakob, „ein Glück, dass es solche Plätze in unserer schönen Au gibt!"

Astbarriere

Die Natur ist geduldig, so steht's im Report.
Sie repariert – lässt man sie –,
wenngleich nicht sofort.
Doch sieht sie sich bald als Verlierer im Rennen,
weil die Menschen oft ihre Grenzen nicht kennen!
Sie gibt sich als stiller, friedlicher Streiter:
„Mensch, bis daher! Aber keinesfalls weiter!"

Kleo verabschiedete sich von ihren Freunden. In letzter Zeit war ihnen aufgefallen, dass sie sich immer häufiger zurückzog und manchmal gar nicht erschien, wenn es irgendwo etwas Interessantes zu erleben gab. Sie begannen sich Sorgen zu machen.
Schlaubi, der Fuchs, hatte vorübergehend einen geräumigen Bau an einer entlegenen Uferstelle bezogen, weit weg von seiner Familie.
Füchse lieben es, etwas abgeschieden zu leben. Seine Frau hatte ihn fortgejagt, weil sie ihre Welpen großzog und ihn dabei nicht brauchen konnte. Sie fauchte ihn an und fletschte zum Abschied sogar noch ihre Zähne.

Wohl nur mit sehr scharfen Augen wird man den sehr seltenen Flussregenpfeifer entdecken. Mit weiß-schwarzen Halsringen und gelb umrandeten Augen ist er sehr hübsch, sonst aber unauffällig gefärbt und damit sehr gut getarnt, vor allem wenn er auf dem Gelege sitzt und brütet, oder wenn er auf dem Geröllufer umher läuft. Er trippelt dabei so rasch, dass man glaubt, er fährt auf Rädern!
Seine Eier sehen genau wie Geröllsteine aus. Sie werden in eine flache Mulde mitten aufs nackte Geröll gelegt und von beiden Eltern bebrütet. Die Eier sind so gut getarnt, dass man sie nur entdeckt, wenn man den brütenden Vogel vom Nest hat weglaufen gesehen. Wenn nun Besucher auf der Geröllfläche herumlaufen, fliehen die Vögel und die Eier liegen ungeschützt in der prallen Sonne. Sie können alleine dadurch schon absterben. Nicht zu reden von der Gefahr, von Besuchern zertreten zu werden. Daher sind viele Geröllufer im Nationalpark geschützt. Man darf sie nicht betreten.
Auch Regenpfeifer picken kleine Bodentiere auf, essen aber auch Pflanzensamen.

„Ja, wenn das so ist", überlegte Schlaubi, „dann geh ich halt fort, vielleicht sogar auf eine Insel." Nahrung gab es genug und Ausflüge auf das Festland konnte er auch machen.

Eines Tages traf er einen Bisam, der seinen Bau an einer höher aufgeschütteten Stelle errichtet hatte. Das verriet zumindest das Einschlupfloch.
„Gehörst du auch zu den Maus-Freunden?", fragte ihn Schlaubi.
„Klar doch!"

Silberweidenufer

Silberweiden festigen die Ufer. Ein Techniker würde das „Lebendverbau" nennen. Feste Ufer sind auch für Tiere wichtig, die hier ihre Baue anlegen wollen, wie zum Beispiel Fuchs und Dachs.
Lange Zeit hindurch stehen die Silberweiden als einzige Bäume am Ufer und auf Inseln. Denn sie halten es auch aus, mit den Wurzeln wochenlang unter Wasser zu stehen, ohne zu ertrinken.
Steht die Silberweide länger im Wasser, bildet sie zarte, rot gefärbte Wurzeln in ganzen Zöpfen, die Luft aufnehmen und die Wurzeln damit versorgen.
Gleichzeitig treibt sie ein ganzes Netz aus zahlreichen, feinen Wurzeln, das aus dem Wasser Sand und Letten filtert, die sich zwischen den Wurzeln ansammeln und allmählich einen hoch gewölbten „Kuchen" bilden, der den Baum immer höher hebt. Spült dann das reißende Hochwasser das Ufer frei, bleiben die Silberweiden mit ihren Wurzelkuchen stehen und sammeln fleißig weiter Letten, bis sie alle zusammen eine tolle Uferbefestigung bilden!

„Wie heißt du dann?"
„Bisam. Einfach Bisam!"
„Nachdem was mir da manchmal zu Ohren kommt, halten euch manche Kinder für Biber!" „Stimmt! So ein Unsinn! Wir sind doch kleiner!" „Kleine Biber halt!"
„Aber nein, keine Idee! Wir stammen aus einer ganz anderen Familie.
Weiß euer Tom das auch?"

Bisam

Und ob Tom das wusste:
Der Bisam (der frühere Name „Bisamratte" ist falsch – er ist mit den Ratten nicht verwandt) ist ein kaninchengroßes Nagetier, das 1905 als Pelztier aus seiner nordamerikanischen Heimat eingeführt wurde und sich seither stark ausgebreitet hat. Er ist ein drolliges Tier, das einen seitlich abgeplatteten Ruderschwanz hat (im Gegensatz zum Biber: Dessen Schwanz ist waagrecht abgeflacht). Der Bisam lebt am Wasser, in Altarmen und Seitenarmen, denn er ernährt sich von Wasserpflanzen oder Feuchtpflanzen, wie etwa Klettenblättern. Der Bisam schwimmt und taucht sehr gut, und ist vor allem auf Muscheln scharf, die er heraustaucht und am Ufer verzehrt, indem er die Schalen aufbeißt. Daher verraten aufgebissene Muschelschalen die Anwesenheit des Bisam.
Bisams graben Löcher und Gänge ins Ufer; in der Au ist das nett, an Dämmen und Deichen aber kann das zum Problem werden. Darum wird der Bisam vom Menschen auch stark verfolgt.
Manche halten ihn, wenn er im Wasser schwimmt, für einen kleinen Biber. Doch ein Blick auf den Schwanz macht alles klar.

Bachflohkrebs

Eintagsfliegenlarve

Die Sonne strahlte warm. Enten versammelten sich an den Ufern, an die das Wasser leise plätschernd anschlug. Sie schnatterten fröhlich, und zupften zwischendurch an Wasserpflanzen. Kleine Fische im Uferbereich schnappten sich Bachflohkrebse und Eintagsfliegenlarven – und der stolze Fluss sang sein Lied.

Tom hatte wieder einige Tipps bereit:
Im flachen Wasser der Geröllufer lohnt es sich, eine Weile einfach ins Wasser zu starren. Dann kann man kleine Tiere entdecken, kaum 1 cm groß, bräunlich rot, die hier zwischen den Kieseln leben. Das sind die Bachflohkrebse. Sie schwimmen in Seitenlage ein wenig torkelnd, aber ziemlich flott, zwischen den Kieseln umher und suchen nach Pflanzenabfällen, die sie zerknabbern können.

Manche nennen sie „Mini-Shrimps“ weil sie so aussehen. Zur Paarungszeit betreiben sie „Löffelchen-Schwimmen“, das heißt, das größere Männchen krümmt sich über das kleinere Weibchen. So schwimmen sie als Paar lange Zeit durchs Wasser, bevor es zur Befruchtung kommt.
Auch Eintagsfliegenlarven leben im Fluss. Die erwachsenen Eintagsfliegen leben ja nur 1–2 Tage, die Larven oft sogar mehrere Jahre! Sie tragen seitliche Plättchen, die sie unentwegt bewegen: Das sind ihre Atmungsorgane.

Einer jener Menschen, die oft durch die Donau-Auen wandern, freute sich auch über den Frieden und die Schönheit der Donau-Inseln. Er schrieb viel später in einem Buch:

Der Herrgott schuf die Inseln
und wandelte auf Kies.
Gleich hinter dieser Insel
beginnt das Paradies …

Insel in der Donau

Im Sommerwald

„Hallo, Kleo!", freute sich der Specht. „Endlich habe ich dich gefunden! Wo warst du denn? Wir haben dich lang nicht mehr gesehen!"
„Genau!", brummte der Igel, „wo warst du?"

„Ich war … also … Das ist privat. Ich hatte Familie."
„Wie? Du hattest richtige kleine Mausekinder?"
„So ist es!"
„Und wo sind die jetzt?"
„Sie sind schon wieder ausgezogen; leider. Alle selbstständig. Das geht so schnell! Und du, Felix? Hattest du auch Familie?"
„Aber sicher, nur werde ich dort nicht gebraucht. Die kommen alleine zurecht."
„Du bist gar nie bei ihnen?", staunte auch Jakob.
„Nein. Das tun wir Igel-Männer nicht. Wir leben für uns allein. Was die Menschen da manchmal reden, wenn sie die Kleinen zufällig spazieren gehen sehen, ist Unsinn!"
„Was reden sie denn?"
„Jö schau, wie süß!" sagen sie oft, „‚eine Igelfamilie! Vorne läuft der Vater, dahinter die Kinder …' Wer da mit den Kindern mitläuft, sind höchstens ein paar alte Tanten und die Mutter natürlich! Wir Väter sind sicher nicht dabei."
Die Maus fand das spannend, aber sie seufzte: „Mir ist so heiß!"
„Mir auch!", brummte Felix, „lass uns in den Wald gehen!"
Sie wollten im Schatten ausruhen. Aber wer Kleo kennt weiß, dass sie nicht lange still sitzen kann.
„Schau, Felix!", staunte sie, „da sind rote Kugeln!"
„Ich sehe sie auch. Sie hängen an einem Faden."
„Lass uns schauen, wo der Faden hinführt!"
„Er führt zu einer abgeblühten Blume."
„Zu einem Maiglöckchen!", gab Jakob Auskunft. Vielleicht hatte er das an seinen Blättern erkannt.
Da kam eine Ameise gekrochen. Sie packte die rote Kugel und wollte sie wegzerren.
„Nein! Halt! Diebstahl!", rief die Maus aufgebracht, „die gehört dem Maiglöckchen!"
Plumps! Da fiel die Kugel zu Boden und platzte auf. Schwarze Körnchen quollen heraus – die

Frucht des Maiglöckchens

Samenkörner des Maiglöckchens. Die Ameise kümmerte sich nicht im Geringsten um die Maus. Sie hatte außerdem ein Problem: Sie wühlte sich zwischen die Samenkörner und packte eines mit ihren Kiefern. Aber es war zu groß und zu schwer für sie. Wie gerufen, tauchten kurze Zeit später mehrere Ameisen auf. Sie packten das Samenkorn, packten auch andere, zogen und zerrten und versuchten gemeinsam, sie fortzubewegen. Umsonst. Da hatte eine von ihnen eine Idee, wie

es doch funktionieren könnte, und diese Idee war wahrhaft genial:
Sie rief ihren Mitarbeiterinnen energisch: „Achtung! Anders herum! Kehrt! Abmarsch!", zu. Tatsächlich drehten alle auf Befehl um und zogen ihre Beute im Retourgang fort.

„Geht's nicht vor und nicht zurück,
hast du im Retourgang Glück!",

krächzte Jakob seinen Freunden fröhlich zu. Ihm entging nichts, weil er von oben immer einen guten Überblick hatte.
„Was sagst du, wie das bei denen funktioniert!", staunte der Igel.

„Toll! Schau, Felix, da liegen noch viele rote Kugeln herum", wunderte sich die Maus, „und alle aufgeplatzt." „Gott sei Dank", knurrten die Ameisen, „ da kommen wir besser an die Samen!" Und sie versuchten, sie wegzuzerren. „Ihr könnt doch nicht einfach alle Samen wegschleppen ", pfiff ihnen die aufgebrachte Maus zu und staunte, dass sie plötzlich zarte Stimmen hörte: „Lass sie!" „Lass sie doch!" „Lass sie ruhig!" Später erfuhr sie, dass es die Zwiebeln der Schneeglöckchen waren, die sich zu Wort gemeldet hatten.
„Aber warum?", fiepte die Maus. „Was haben die Ameisen davon? Und wohin schleppen sie die Dinger?"
Das wusste weder Specht Jakob, noch Igel Felix. Aber sie brauchten nicht lange zu warten.

Samenkorn mit Anhängsel

Tom kam vorbei und erklärte genau das seinen Gästen:
Wenn sich die Früchte von Maiglöckchen und Schneeglöckchen (pralle rote Kugeln) auf ihren Stängeln zu Boden neigen, dann nicht etwa, weil sie zu schwach sind! Der Zweck ist, dass die Früchte knapp über dem Boden aufplatzen und die Samen freigeben.
Diese sollen nämlich von Ameisen verbreitet werden! Jedes Samenkorn trägt ein fleischig-fettig aussehendes, sehr nahrhaftes Anhängsel, das die Ameisen lieben. Sie schleppen also die Samen in Richtung Nest, verlieren unterwegs einige oder knabbern das Anhängsel unterwegs ab und lassen die Samen fallen.

Diese Art der Ausbreitung gibt es bei einigen anderen Pflanzen, etwa dem Schöllkraut, dem Veilchen, dem Lerchensporn und anderen auch.

„Diese Ameisen leben in einem Baum und nicht in einem Haufen!“, wunderte sich Kleo. „Das muss ich mir anschauen!“
Sie schlich den kleinen, schwarzen Geschöpfen nach. Felix folgte ihr, so schnell er konnte.
„Schau dir das an!“, stotterte die Maus, als sie vor einem dürren Baum angelangt waren. Seine Rinde war an einer Stelle beschädigt. Dort konnte man in das Innere des Stammes sehen. Darin waren also die Ameisen zu Hause. Tom hatte von tausenden und abertausenden, ja sogar von Millionen Tieren gesprochen. Darunter konnten sich Kleo und Felix natürlich nichts vorstellen. Sie ahnten nur, dass es sehr viele sein mussten. „Dass die im Baum wohnen, ist ganz praktisch“, überlegte Jakob, „da sind sie wenigstens vor Überschwemmungen geschützt!“
„Wenn es nicht zu viel Wasser gibt!“, antwortete die kluge Maus.
„Wenn es nicht zu hoch steht!“, bestätigte der Specht.

Die Geschichte mit den Ameisen beschäftigte Kleo noch eine Weile.
„Was fressen aber die, die keine rote Kugel gefunden haben?“, überlegte sie.

„Honigtau! Honigtau!“, surrte ein winziges Lebewesen im Vorbeifliegen.
„Woher nehmen sie den?“
„Von den Blattläusen!“
„Wieso weißt du das?“
„Selbst Blattlaus! Selbst Blattlaus!“
„Eine Blattlaus mit Flügeln gibt es nicht!“ Kleo wusste nämlich, dass sie immer dicht gedrängt auf Pflanzenstängeln saßen. Da war von Flügeln keine Rede. Bei keiner von ihnen.

Kartonnest der Holzameise

Nest der Rossameise

„Gibt es doch! Gibt es doch!“, säuselte der Winzling. „Selbst Blattlaus! Selbst Blattlaus!“, und verschwand.
„Ob die uns beschummelt hat?“, überlegte die Maus. „Oder ob das wirklich wahr ist?“
Da hieß es wieder einmal besonders gut aufpassen, denn Tom oder Tina würden das ihren Gästen sicher einmal erklären. Es war wichtig, fand die Maus.

Jeder, der einen Garten hat, kennt die Blattläuse: kugelige kleine Tiere, die eng gedrängt wie eine zweite Rinde auf einem Pflanzenstängel sitzen. Sie saugen da den nahrhaften Saft aus der Pflanze. Das ist ihre einzige Nahrung.
Zunächst: Blattläuse haben mit Kopfläusen nicht das Geringste zu tun! Im Volksmund nennt man eben alle kleinen Tiere „Laus".
Blattläuse saugen den Pflanzensaft, weil dieser die wichtigen Nährstoffe Zucker und Eiweiß enthält. Letzteres ist für sie wichtiger, ist aber im Saft stark verdünnt. Also saugen sie, damit sie genug Eiweiß bekommen, so viel Saft, dass sie den Überschuss an Wasser und Zucker als Tröpfchen wieder ausscheiden müssen.

Den aber lieben Ameisen! Daher suchen sie die Blattlauskolonien auf und betrillern die Läuschen, bis diese einen Zuckertropfen ausscheiden. Als Gegenleistung bewachen und beschützen die Ameisen die Blattläuse gegen Feinde.
Blattläuse werden im Garten nur schädlich, wenn sie eine Pflanze in großen Mengen befallen. In der Natur sind sie völlig harmlos.
Am liebsten sitzen sie auf den frischen, noch grünen Trieben des Hollers, wo man sie mit einer Lupe gut beobachten kann.
Die Blattläuse im Frühling haben keine Flügel; sie sind „lebendgebärend", d. h. sie bekommen ihre Jungen direkt, ohne Ei und Larve. Im Sommer aber gebären sie geflügelte Formen, die dann in Scharen durch den Wald schwärmen – der Normalverbraucher hält sie dann meist für Mücken!

Beim nächsten Besuch von Wanderern hörte die Maus von Tina wieder etwas Interessantes:

Sie erfuhr, dass keineswegs nur Schneeglöckchen Früchte haben, die bei den Ameisen sehr beliebt sind, sondern auch Maiglöckchen und Veilchen; ja sogar das Schöllkraut. Die ersten beiden kannte jeder, aber Schöllkraut? Was war das denn?
Wie gut, wenn man eine Tina hat! Sie zeigte den Wanderern die Pflanze mit ihren gelben Blüten und jeder sagte: „Ach, die? Die kenn ich sowieso! Die wächst doch überall!"
„Aber habt ihr auch jemals ihre Samen gesehen?", erkundigte sich Tina.
Niemand meldete sich.
Tina bückte sich und hob ein grünes, längliches Etwas auf.
„Das ist die Frucht eines Schöllkrautes. Sie kann so lang werden wie ein winziges Essiggurkerl! Und da drin sind die glänzend-schwarzen Samen."
Das gefiel Kleo; nicht wegen des Essiggurkerls, das kannte sie ja nicht. Sie spitzte ihre Ohren weil Tina zum Abschluss ihrer Führung zu den Kindern sagte:
„Ihr lauft doch oft und gerne durch den Wald und über Wiesen. Wem sind die roten Früchte der Schneeglöckchen und Maiglöckchen oder die braunen Kapseln der Veilchen schon einmal aufgefallen?"
Niemandem.
„Habt ihr schon einmal zugeschaut, wie Hummeln und Bienen in Blütenkelchen verschwinden und wie es dort drinnen aussehen mag? Seht ihr. Das Wunderbare an der Natur sind die vielen Kleinigkeiten. Es ist wichtig, **schauen und sehen zu lernen**!"
Das gefiel der Maus sehr. Das leuchtete ihr ein. Es brachte sie außerdem auf eine Idee, über die sie noch genauer nachdenken musste!

Die Ameisen, die Kleo und Felix beobachtet hatten, leben also in vermorschtem Holz. Tina hatte es einmal „Totholz" genannt. Wer weiß, was sich in so einem abgestorbenen Baum noch alles tut, überlegte die Maus. Sie horchte auf, als eine Wandergruppe einen alten Baum besuchen wollte, der angeblich ganz besonders schön sein sollte. Kleo lief mit.

Schöllkraut

So lang ist es her, da war ich als Baum
der Größte, der Schönste am Wiesensaum.

Was hab ich nicht alles gehört und gesehen
seit die Jahre durch meine Zweige wehen!

Sah Greife auf meinen Ästen thronen,
spür Larven und Käfer, die bei mir wohnen,

hör Vögel noch singen im Morgengrauen,
im Gewirr meiner Blätter Nester bauen.

Doch das Blattwerk wird mehr und mehr ausgedünnt,
je länger ich steh und die Zeit verrinnt …

Ich hab mich gegen rasende Stürme gewehrt
und – mein Innerstes schließlich nach außen gekehrt.

Weil auch die Mistel an Ästen saugt,
bin ich jetzt kraftlos und ausgelaugt.

Wobei ich immer noch jenen nütze,
die in mir leben und die ich beschütze.

Wenn ich auch alt, vielleicht uralt bin,
mein Leben war wertvoll! Mein Dasein hat Sinn!

Tina erklärte sogleich:
Der Name „Totholz" trügt. Gewiss, der Baum steht wie ein totes Gerippe im Wald. Aber er ist erfüllt von Leben. Zahllose Tiere leben von seinem Holz oder dem zerfallenden Mulm. Viele Käfer verbringen oft als Holzbewohner mehrere Jahre im Totholz: der Hirschkäfer, der Rosenkäfer und vor allem die Bockkäfer und die Prachtkäfer. Ihre Larven sind es vor allem, die man als „Holzwürmer" kennt, die der Specht aufspürt und so verhindert, dass es zu viele werden. Besonders beim gefürchteten Borkenkäfer ist dies wichtig:

Borkenkäfer sind zwar nur wenige Millimeter groß, vermehren sich aber sehr rasch und fressen vor allem den Bast unter der Rinde.

Wenn die Rinde von einem toten Baum abspringt, sieht man häufig wunderliche Spuren, die an ägyptische Hieroglyphen erinnern – das sind die Fraßgänge von Holzbewohnern. Wenn man im Holz so genannte „Wurmlöcher" sieht, kann man schließen: Hier hat ein holzbewohnender Käfer das Licht der Welt erblickt! Viele Holzbewohner sind so selten, dass sie unter Naturschutz stehen, so etwa die hübschen Prachtkäfer.

Igel Felix interessierte sich nicht für Gedichte. Dafür erregte etwas Anderes seine ganze Aufmerksamkeit: Ziemlich weit unten am Stamm des alten Baumes klaffte ein großes Loch, das, wie es aussah, erst vor kurzem hineingehackt worden war; wahrscheinlich von einem Specht. Dort, wo es weiches, braunes Holzmehl gab, gab es meist auch Engerlinge! Felix beobachtete die Stelle ganz genau. Es bewegte sich dort auch tatsächlich etwas. Auch Kleo bemerkte das. „Schau dir das an!", pfiff sie und deutete auf dicke, weiße, raupenartige Geschöpfe, die langsam zum Vorschein kamen und verstört herumkrochen. „Gemeinheit, uns zu stören!", schimpften sie. „Gemeinheit, unsere Wohnung auseinander zu nehmen!"

Engerling

„Es ist ja noch etwas von ihr über!", wollte Kleo sie beruhigen. „Wer seid ihr überhaupt?"
„Wir sind Larven! Wir sind Kinder von Käfern. Wir sollen wunderschöne Ro-sen-kä-fer werden!"

„Ohhh! Sind das die, die so schön goldgrün schillern?"
Darüber wussten die Engerlinge nicht Bescheid. Einer allerdings rief: „Ich werde etwas Besseres! Ich werde ein Hirschkäfer!"

Sie beschwerten sich weiter:
„Dazu brauchen wir Ruhe; Ruhe und Dunkelheit und Holzmehl! Man muss sich verstecken können! Ein nackter Engerling wird sofort gefressen!"
Genau das war es, was der Igel cool fand. Er schnupperte begeistert.
„Nein, Felix!", gebot die Maus, „diese nicht! Du hast doch gerade gehört, dass aus ihnen wunderschöne Käfer werden sollen!"
Doch, gehört hatte er das, aber es fiel ihm trotzdem schwer, auf die interessanten, pummeligen Dinger zu verzichten.

Die Tage wurden heißer und schwüler. Dazu regnete es häufig. Dadurch wuchsen die Pflanzen sehr üppig und schnell.

Die Waldreben hatten es besonders eilig:

„Höher klettern, Stück für Stück,
wachsen, wachsen, welch ein Glück!"

raunten sie.

Waldrebendschungel

Die Waldrebe ist unsere größte und häufigste Liane. Lianen haben ein Lebensrezept der Sparsamkeit: Sie benützen einen Baum als Halt, wachsen an ihm empor und können daher ihren eigenen Stamm dünn halten, also Material einsparen.
Ihr hölzerner Stamm wächst zwar jedes Jahr auch in die Dicke, aber mehr als schenkeldick wird er nicht.

Man bedenke: Ein hölzerner Stamm, 15 cm dick, aber 30 m hoch (falls sein Stützbaum so hoch ist)! In weiten Schlingen hängt er von seinem Stützbaum und bildet mit anderen ein wildes Geflecht von schlangenartigen Stämmen. Oben breitet die Waldrebe ihre Krone zwischen der ihres Stützbaumes aus.

Bemerkenswert ist ihre Klettertechnik: Die Stiele ihrer Blätter ranken sich um kleine Ästchen und halten eisern fest, während die Spitze des Stammes weiter wächst und das nächste Blattpaar einen Zweig umrankt.
Im Hochsommer blüht die Waldrebe mit weißlichgelben, stark duftenden Blüten. Ihre Früchte aber, die im Herbst erscheinen, sind strubbelige weiß-graue Bällchen, die die Pflanze über und über bedecken. Die Samenkörner stehen eng beieinander. Jedes trägt einen silbrigen Flugschwanz, der wie eine Vogelfeder geformt ist. Bei starkem Wind werden sie ausgerissen und durch den Wald geweht.
Es sind Wintersteher, d. h. den ganzen Winter über bleiben sie an den Waldrebenzweigen und werden dann auch von Vögeln sehr gern gefressen.

Die Maus fand, man konnte den Waldreben fast beim Wachsen zusehen. Hätte sie mehr Zeit gehabt, hätte sie es sich gerne auf einer von ihnen gemütlich gemacht und sich langsam hochziehen lassen, wie mit einem Aufzug. Aber sie hatte Wichtigeres zu tun. Außerdem wurde es in dem Dschungel langsam ungemütlich.
„Ich will raus hier! So eine Hitze! Und die Gelsen! Weg, weg, ihr seid unerträglich!", schimpfte sie.
„Was hast du denn? Ich finde es hier großartig!", meldete ein gelber Pirol mit schwarzen Flügeln.
„Du hast leicht reden!", kritisierte Kleo. „Bei dir dort oben ist es luftiger!"
Allerdings. Seine Jungen waren fast flügge und genossen mit ihm die Höhenluft auf einer sehr hohen Pappel.

Die Maus kam nicht schnell genug voran, weil die Pflanzen auf dem Boden zu dicht wucherten. Sie stolperte über dicke Lianen und ärgerte sich über Ranken, die sich ununterbrochen an ihr Fell hefteten:

Das Klimm-Labkraut wird zu Unrecht auch „Kleb-Labkraut" genannt. Denn es scheint nur, als ob seine Stängel an Hose und Hemd kleben; in Wirklichkeit haben sie zahllose winzige Häkchen, mit denen sie sich sehr leicht überall festheften können.
Denn das Klimm-Labkraut ist eine Kletterpflanze. Es wächst sehr, sehr rasch in die Länge und schiebt sich auf Brennnesseln, Kletten und niedrige Sträucher. Seine Haken verhindern, dass es abrutscht, und so wächst es weiter und legt sich als Girlande auf seine Trägerpflanzen.

Klimm-Labkraut

Darum braucht es auch keinen festen Stängel – das Klimm-Labkraut kann man weder pflücken und wie eine Blume tragen, noch in eine Vase stellen! Es knickt hoffnungslos ein.
Wenn es Früchte bildet, benützt es wieder andere Lebewesen, nämlich Tiere oder Auen-Wanderer, deren Hosen und Socken oft mit seinen Früchten, pfefferkorngroßen Mini-Kletten, besetzt sind.
Der Volksmund nennt sie „Fettläuse". Sie sind kugelig, über und über mit Widerhaken gespickt und haften so fest, dass sie auch in der Waschmaschine einen Waschgang überstehen.

„Donnerwetter“, pfiff die Maus, „lasst mich los! Was fällt euch ein, mich festzuhalten! Und wie das pickt auf meinem schönen Fell!“
„Ha, ha! Pickt nicht! Pickt nicht!“, riefen die Pflanzen schadenfroh. „Wer will dich schon festhalten? Keiner. Wir wollen nur wachsen, wachsen und weiter kommen. Dazu müssen wir uns ständig irgendwo anhalten!“
„Aber nicht bei mir! Nichts wie weg hier!“, schimpfte die Maus. Der Igel amüsierte sich, als er die Maus auf einem Waldweg traf. Teile der Ranken hafteten noch an ihrem Fell und einige zog sie hinter sich her. Das sah komisch aus, meinte Felix. Kleo fand das gar nicht lustig. Es dauerte eine ziemliche Weile, bis sie die lästigen Dinger abgestreift hatte.
Felix hatte den Waldrebendschungel gar nicht erst betreten. Das war nichts für ihn. Er lief auf eine nahe gelegene Auwiese. Kleo folgte ihm. Die untergehende Sonne stand glutrot am Himmel.
Sie mag den gelben Pirol an sein afrikanisches Winterquartier erinnert haben, in die er bald wieder zurückfliegen würde.
Kleo und Felix ruhten sich etwas aus.
Jakob gesellte sich zu ihnen.
„Meine Jungen sind auch flügge!“, berichtete er. „Jetzt muss ich mich wenigstens nicht mehr so abrackern!“
„Wieso abrackern?“
„Hast du eine Ahnung, was es heißt, die Kinder alle satt zu kriegen. Kaum haben sie einen Käfer oder einen fetten Wurm hinunter geschlungen, sperren sie schon wieder die Schnäbel auf! Ein Stress ist das! Das kann ich euch sagen! Aber man tut es ja gern; sehr gern!“
Dann kehrte Ruhe ein am Waldrand. Nur die Rufe des Pirols drangen noch dann und wann zu ihnen hinüber.
„Hört ihr das auch?“, flüsterte die Maus.
„Ja. Kommt her“, rief Felix, „ich habe etwas entdeckt!“

Osterluzei

Er führte sie zu einer Pflanze, an der sehr hübsche, blass gelbe Blüten standen. Eine von ihnen hing ziemlich tief herab. Aus ihr kamen Stimmen.
„Hilfe! Wir kommen nicht mehr heraus! Hilfe!"
„Was bedeutet das?", fiepte die Maus.
„Keine Ahnung!", überlegte der Igel, „und wie es da riecht!"
„Komisch riecht es, finde ich!", stellte Kleo fest.
„Ob da drinnen eine Leckerei versteckt ist?"
„Du solltest in die Blüte hineinschauen!", schlug Felix vor.
„Wie denn? Ich bin doch zu klein!"
„Aber du bist leicht. Hüpf auf diesen Brombeerstängel und mach dich dann ganz groß. Strecken, strecken, noch mehr! Ja, jetzt müsste es reichen! Siehst du etwas?"

Und ob! Kleo bemerkte Mücken, die am Grunde des Blütenkelches verzweifelt herumruderten.
„Was macht ihr denn da?", pfiff sie leise.
„Gemeinheit!", ärgerten die sich. „Sie hat uns mit ihrem Duft hereingelockt. Nektar hat sie uns versprochen! Und jetzt sind wir hier drinnen gefangen!"
„Wieso?"

Raupe des Osterluzeifalters

„Siehst du die ekelhaften Borsten oben im Kelch nicht? Die stehen uns im Weg. Heimtückisch ist sie, diese riechende Gelbe! Sie hat sie einfach aufgestellt, um uns gefangen zu halten. Oh weh! Was wird jetzt aus uns?"
Ein leichter Wind hatte sich erhoben. Er wiegte die Pflanze sanft hin und her. Dabei flüsterte sie: „Niemand will euch Böses. Ich habe euch mit Nektar beschenkt. Dafür sollt ihr meinen Blütenstaub hinaustragen und auf andere Blüten meiner Art verteilen. Sobald genug davon auf euch herab gerieselt ist, werde ich meinen Borsten befehlen, zu verwelken. Dann ist der Weg für euch frei. Geduld, Geduld!"

„Meinst du, dass sie ihr Wort halten wird?", flüsterte Kleo Felix zu. Sie war so aufgeregt, dass ihre Barthaare zitterten.
„Geduld! Geduld!", murmelte er vor sich hin.
Die Maus streckte sich noch einmal, machte sich noch größer, um noch besser in die Blüte hineinsehen zu können. Da passierte es: Die Borsten in der Blüte beugten sich nach und nach und gaben den Mücken mit ihrem Mäntelchen aus Blütenstaub den Weg frei.
„Danke! Danke!", flüsterten sie und verloren sich in der Weite des Himmels.
„Wenn das kein Mause-Märchen war!", stotterte Kleo.
Die beiden wollten noch ein Weilchen bleiben, um über alles nachzudenken. Über ihnen hingen die grünen Blätter ihrer Märchen-Pflanze, der Osterluzei. Als Felix zufällig nach oben blickte, bemerkte er eine große, wunderschöne Raupe, die an der Unterseite eines Blattes saß.

„Eines interessiert mich jetzt!", meinte die Maus später zu Felix.
„Nun?"
„Glaubst du, dass Tina diese großartige Geschichte mit der Blüte und den Mücken auch kennt? Und glaubst du, dass sie sie ihren Au-Freunden auch erzählt?"

Osterluzeifalter

Tina kam geradezu ins Schwärmen:
Die Osterluzei ist eine unserer seltsamsten Pflanzen: In den Achseln ihrer großen, herzförmigen Blätter stehen Büschel (eigentlich Quirle, Wirtel) von blassgelben Blüten, die entfernt einer Tabakpfeife ähneln – oder einem Saxophon; unten durch den „Kessel" bauchig aufgetrieben, dann das „Pfeifenröhrl", eine Röhre mit einer Öffnung wie eine Klappmütze.
Manche Blüten stehen senkrecht, andere liegen oder neigen sich gar nach unten. Was ist da los? Die Osterluzei ist eine so genannte Kesselfallenblume: Sie lockt mit einem riechenden Lockstoff (wir Menschen riechen ihn kaum) gegen Abend kleine Mücken in die Blüte, die dem Geruch nach unten bis in den Kessel folgen und dort auch belohnt werden: Es gibt Nektar, außerdem ist es da schön warm. Noch etwas: Die Pflanze riecht nur, wenn der weibliche Teil der Blüte, der Stempel, reif ist; wieso, das kommt noch!
Aber: Die Mücken können nicht mehr heraus! Ein Kranz von steifen Borsten, der beim Hineinkriechen nicht wesentlich gestört hat, ist jetzt gegen sie gerichtet, wie in einer Fischreuse. Also müssen sie wohl oder übel in der Blüte übernachten.
Über Nacht reifen die Staubblätter und überpudern die kleinen Fliegen über und über mit Blütenstaub. Und nun sind auch die Sperrhaare verwelkt, die Fliegen können hinaus. Ja, die Blüte neigt sich sogar in die Waagrechte, damit sie ja gut hinauskommen. Und prompt geraten sie in die nächste Blüte, die gerade weiblich ist und den betörenden Duft aussendet. Und dort streifen sie den Pollen auf der Narbe des Stempels ab – die Blüte ist bestäubt!

Und Tina wusste noch mehr zu berichten, nämlich, dass die Raupen des Osterluzeifalters nur von Blättern der Osterluzei leben können. Außerdem rät sie ihren Freunden immer wieder, die Pflanze ja nicht auszureißen oder abzumähen, wenn sie sie irgendwo entdecken sollten. Denn ohne diese Pflanze, so betonte sie, könnte es die schönen Osterluzeifalter nicht geben.

Felix hatte vorläufig genug von den Erlebnissen mit der Maus. Er wollte sich ausgiebig stärken und suchte den Boden nach Würmern ab. Allerdings stolperte er immer wieder über grünbraune Röllchen, die in großer Zahl herumlagen.

Blattrolle des Pappelblattrollers

Er wunderte sich und horchte. Das war ja nicht zu überhören: Jemand sang ganz fröhlich:

„Lustig, lustig, eins, zwei drei,
ist's in der Pappel-Schneiderei!"

„Was soll denn das heißen?", murmelte der Igel.
„Ziwitt, hier Titt!", zwitscherte eine kleine Blaumeise.
„Hallo, Titt, was sagst du denn dazu?"
„Siehst du die Käfer dort? Die sind witzig! Die schneiden sich Blätter zurecht! Käfer schneiden Blätter! Was sagst du! Dann rollen sie sie ein und verstecken ihre Eier drinnen! Hat jemand so etwas schon gesehen!"
„Wieso weißt du das?"
„Weil das, was später heraus schlüpft, gelegentlich auch auf meinem Speisezettel steht." Die Maus sprang herbei und begutachtete die Röllchen, über die Felix gestolpert war.
„Da staunst du, gelt!", zirpte Titt.

Da musste Tom genaueres zu diesem Käfer sagen:
Im Juli, August findet man sie überall auf dem Auboden, vor allem auf den Wegen: Zigarren, gewickelt aus morschen Pappelblättern. An einem Ende ragen die Blattstiele heraus.
Wer war der Täter? Es war ein Pärchen des Pappelblattrollers, eines Rüsselkäfers. Rüsselkäfer sind leicht zu erkennen: Sie haben einen lang ausgezogenen Kopf, wie Ameisenbären. Doch unser Pappelroller ist nur 7 mm groß, dafür glänzend grün bis kupferrot; ein prachtvoller Winzling.
Männchen und Weibchen schneiden gemeinsam die Pappelblätter ab und rollen sie zusammen. Sie klammern sich dabei an die Mittelrippe des Blattes und ziehen die Blattspreite nach und nach über die Anfangsrolle, so wie wir, wenn wir uns die Decke über die Ohren ziehen. Und damit sich das Blatt leichter rollt, werden die steifen Blattadern einfach durchgebissen.
So ziehen die beiden immer mehr Blätter heran und wickeln sie um die Zigarre, die dadurch immer dicker wird.
In der Zigarre paaren sich die beiden und das Weibchen legt 2–3 Eier hinein, aus denen winzige Larven schlüpfen. Sie ernähren sich vom welken Blatt, denn die Eltern haben ja die Blattstiele abgebissen, sodass die ganze Zigarre zu Boden fällt und dort langsam vor sich hin fault. Zur Verpuppung kriechen die Larven dann aus der Blattrolle ins Falllaub.
Die erwachsenen Käfer essen ebenfalls Pappelblätter, aber die frischen, noch am Baum befindlichen.

Kleo sah zu der Blaumeise auf. Sie saß auf einem grell gelben Schwamm.

„Wer hat denn den da hinaufgeklebt?", wunderte sie sich.
Der Baum selbst meldete sich zu Wort:

„Mit meinem Leben wird's bald aus;
Der Pilz, er wächst aus mir heraus!"

Besser hätte das kaum jemand erklären können. Oder doch? Vielleicht Tom!
Der wusste noch mehr über diesen auffallenden, gelben Schwamm.

Schwefelporling

Tom erzählte:
Pilze leben nicht wie Pflanzen, die sich ihre Nährstoffe selber erzeugen. Pilze müssen sie, wie die Tiere, von anderen Lebewesen beziehen, seien diese nun tot oder lebendig. Und Pilze können Materialien verdauen, die kein anderes Lebewesen verdauen kann.
Zum Beispiel Holz. Kein Tier kann Holz verdauen! Auch die Holzbewohner, die Holz fressen, tragen im Darm Pilze, mit denen sie in Symbiose leben, weil diese für sie das Holz zersetzen. Denn Pilze können das! Pilze aber setzen sich gerne an Baumstämme, vor allem an altersschwache, kranke Bäume, durchwuchern mit ihren Pilzfäden das Holz und verdauen es.
Aber kein Pilz kann alles verdauen. Denn Holz besteht aus zwei Substanzen. Es ist ein so genannter Verbundstoff, vergleichbar dem Stahlbeton. Diese zwei Substanzen sind das dunkelbraune, elastische Lignin (= Holzstoff) und die weiße, langfaserige Zellulose (= Zellstoff). Manche Pilze greifen nur das Lignin an – dann bleibt die weiße Zellulose zurück, der Baum zeigt Weißfäule. Andere verdauen nur die Zellulose, dann bleibt das rotbraune, bröckelige Lignin zurück, das ist die Braunfäule.
Natürlich hat der Förster mit diesen Pilzen keine Freude. In einem Naturwald aber gehören sie einfach dazu.
Der orangegelbe Schwefelporling ist in der Au einer der häufigsten, vor allem an Weiden. Er bildet riesige, fladenförmige Fruchtkörper in mehreren Schichten, die aus der Borke brechen und ein paar Tage sehr stramm und fest dastehen, da sie jetzt ihre Sporen bilden. Aber nach wenigen Tagen vertrocknet der Pilz und wird zu einer unansehnlichen grauen Masse.

Drüsiges Springkraut

Kleo freute sich, Schlaubi wieder einmal zu sehen.
„Allein unterwegs?", pfiff sie erfreut.
„Klar doch. Meine Frau hat immer noch alle Pfoten voll zu tun. Aber das macht nichts. Sie will mich nicht, sie braucht mich nicht, und ich brauche sie derzeit auch nicht. So ist das bei uns Füchsen."
„Und wohin des Weges?"
„Zum Wasser!", erklärte er.
„Zwischen den vielen hohen Stängeln kann man sich ganz gut verstecken – und lauern, verstehst du!"
„Welche hohen Stängeln?"

„Ich meine die, an denen so viele lila Blüten baumeln; von denen die Bienen und die Hummeln und all diese geflügelten Summ-herum-Geschöpfe so begeistert sind."
Das stimmte. Allerdings berichtete Tom bald, dass diese Pflanzen, die sich „Drüsiges Springkraut" nennen, nicht immer und nicht allen nur Freude bereiten.

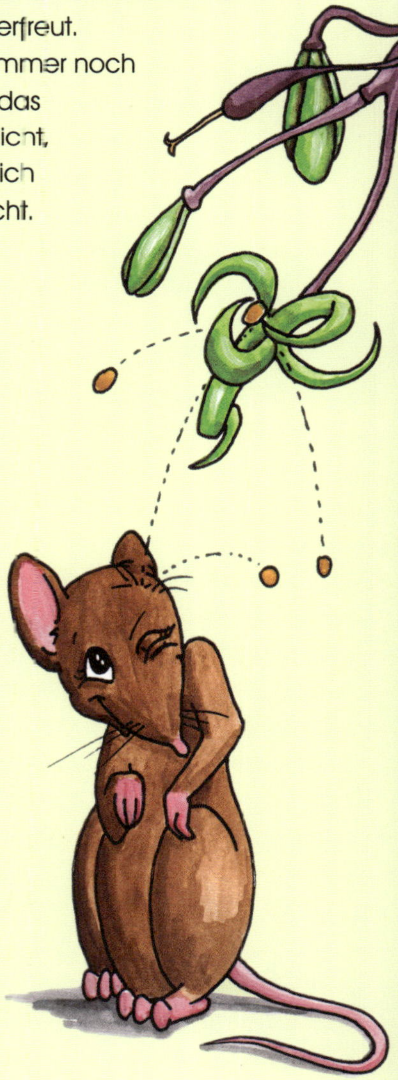

Tom wusste eine Menge über das Springkraut zu erzählen:
Das prachtvoll rotviolett blühende, über 2 m hoch werdende Drüsige Springkraut ist ein Neuankömmling aus dem Himalaya-Gebiet und hat sich bei uns vielerorts beängstigend breit gemacht.
Das ist erstaunlich, denn das riesenhafte Kraut, dessen Stängel fast armdick werden können, ist einjährig, stirbt am Ende des Jahres und muss im nächsten Jahr aus den Samen wieder keimen.
Der Name: Bei allen Springkräutern schwillt die reife Frucht zu einer prall gespannten Kapsel an. Eine Berührung genügt, und die Kapsel platzt und schnellt die schwarzen Samenkörner bis 1 m weit weg. Treffen diese auf eine weitere Frucht, (Springkräuter stehen oft in dichten Beständen) löst es deren Platzen aus und so weiter, eine Kettenreaktion setzt ein wahres Trommelfeuer von fliegenden Samen in Gang! Dabei sondern sie einen starken Parfumduft ab. Und: Die reifen (schwarzen) Samen kann man essen. Sie schmecken wie Haselnüsse.

Das drüsige Springkraut, so schön es ist, kann zur Bedrohung der Natur werden, wenn es heimische Pflanzen verdrängt. Es keimt sehr leicht, wächst sehr schnell, breitet sich gewaltig aus und verdrängt viele Pflanzen, die vielleicht heimischen Tieren zur Nahrung gedient hätten.
In den Auen leben noch viele Neuankömmlinge. Sie alle bringen Probleme, weil sie noch nicht in unsere Ökosysteme passen, deren Bewohner ein über lange Zeit hindurch eingespieltes Team bilden.

Es gibt noch ein zweites Springkraut aus dem Himalaya, das ist das „Kleinblütige Springkraut". Ein unscheinbares Pflänzchen mit hellgelben, Blüten, blüht im Unterwuchs und bedeckt große Flächen. Vielleicht ist das der Grund, warum unser heimisches Springkraut, das „Rühr-mich-nicht-an" so selten geworden ist.
Dieses ist vielleicht die schönste und geheimnisvollste Blüte im Unterwuchs:
Die Blüte baumelt wie ein Mini-Füllhorn an ihrem dünnen Blütenstiel.

Die Maus war sehr aufmerksam, als Tom berichtete, dass diese Gewächse aus einem Land, weit, weit weg von uns, stammen.
„Seitdem breiten sie sich überall aus und verdrängen an vielen Orten die Pflanzen, die bei uns zu Hause sind!", beschrieb er.
„Sie verdrängen unsere Pflanzen? Das muss geklärt werden!", beschloss Kleo und nahm sich eine von ihnen vor.
„Ihr seid von weit her zu uns gekommen?", sprach sie sie an.
„Rä!", antwortete die hohe Pflanze.
„Was heißt ‚rä'?"
Keine Antwort.
„Also?"
„Rä' heißt ‚ja'!", krächzte Jakob vom Baum.
Die Maus fragte weiter.
„Werdet ihr wieder einmal fortgehen von hier?"
„Ma rä."
Kleo schaute Hilfe suchend zu Jakob und fiepte aufgeregt:
„Was heißt denn das wieder?"
„Das heißt ‚nein'!"
„Und woher weißt du das eigentlich, Jakob, du ganz Gescheiter?"
„Von Tom!"

Rühr-mich-nicht-an

„Und warum redet diese da so komisch? Weißt du das auch?"
„Sie redet nicht komisch. Sie redet in der Sprache, die die Menschen dort sprechen, wo sie herkommt. Aus Tibet."
„Aus Tibet?" Kleo hatte keine Ahnung, wo das sein könnte, aber es klang nach sehr weit weg.
Tom hatte doch erzählt, dass das Springkraut häufig alles überwuchert. Die Maus wollte das genauer wissen:
„Wieso kannst du so schnell wachsen?", fragte sie sie einfach. „Nga la dadung chu!"

„Das soll einer verstehen!", pfiff Kleo genervt. In Toms Gruppe befand sich zufällig ein Wanderer, der die Sprache der Menschen in Tibet konnte. Er übersetzte:
„Das heißt: Ich brauche Wasser!"
Das war einleuchtend, fand die Maus. Darum wächst dieses Kraut ja auch überall dort gerne, wo es feucht ist.
Der Igel entfernte sich.
„Wo gehst du hin?", rief ihm Kleo nach.
„Ich habe Durst. Ich brauche Wasser!", antwortete er fröhlich: „Nga la dadung chu!"
„Jetzt redet der auch noch tibetisch!", seufzte die Maus.

Nicht nur Tiere halten sich gerne am Wasser auf, auch Menschen. Tom ließ Kinder dabei zusehen, wie Bienen und Hummeln in die violetten Blüten des Springkrauts schlüpften und darin verschwanden. Da gab es auch schon ein Gezeter:

„Auweh! Das tut so weh!", schrie ein Bub. Er war gestolpert und in Brennnesseln gefallen. „Das brennt!", weinte er. Ob kaltes Wasser helfen könnte? Zum Ufer des Altarms war es aber zu weit. Da hatte Tom eine Idee: Er brach den Stiel eines Springkrauts ganz unten ab und hielt die Pflanze dann schnell über die schmerzende Stelle. Niemand hatte erwartet, dass Wasser aus ihr heraus rinnen würde!

Brennhaare Brennnessel

„So viel Wasser ist in einem Stängel!", wunderten sich alle und Tom antwortete:
„Jetzt ist klar, warum diese Pflanzen so viel Wasser brauchen!"
Nachdem es still geworden war, hüpfte Kleo aus ihrem Versteck und sah sich eine Brennnessel genau an.
„Wieso brennt ihr eigentlich? Wie macht ihr das?", fragte sie sie.
Weil sie keine Antwort bekam, murmelte sie ungehalten:
„Hab ich mir doch gleich gedacht, dass ihr das nicht wisst! Der Bub hat vor Schmerzen geschrien! Unangenehm seid ihr, damit ihr das wisst!"
„Das stimmt nicht!", widersprachen einige Raupen. „Uns tun sie nichts! Im Gegenteil", richtete sich eine von ihnen energisch an die Maus, „wir leben von ihnen und nur von ihnen!"
Die Kinder, mit denen Tina unterwegs waren, hatten Lupen mitgebracht. Sie wollten sehen, wie ganz kleine Lebewesen, die einem kaum auffallen, vergrößert aussehen. Die überhaupt zu entdecken, machte ihnen Spaß.
„Schaut, da sitzt eine Raupe auf einem Brennnesselblatt!", rief ein Mädchen. Alle stürmten hin.
„Aus der wird ein Distelfalter!", erklärte Tina.
„Was ist das?"
„Ein wunderschöner Schmetterling!" Sie nahm ein Büchlein aus ihrem Rucksack und zeigte ihnen ein Foto.
„So einen hab ich schon oft gesehen!"
„Ich auch!", meinten einige Kinder.
„Aber guckt doch einmal hierher!", sagte Tina

Distelfalter

leise. „Vorsichtig, nicht schnell bewegen und nicht zu nah kommen! Schaut euch diesen Falter an!"
„Wow, ist der schön!", flüsterten sie. „Der ist schwarz und weiß gefärbt!"
„Nein, blau und weiß!"
„Nein, schwarz und weiß!"

Schillerfalter

„Streitet nicht, ihr habt beide Recht!", erklärte Tina.
„Wieso?"
„Weil er schillert. So wie das Licht auf ihn fällt, und von welcher Seite man ihn sieht, erscheint er entweder blau oder fast schwarz! Darum heißt er ‚Schillerfalter'. Wir haben Glück gehabt, dass wir ihn gesehen haben. Erstens kommt er nicht sehr häufig vor und zweitens sieht man ihn meist nur um die Mittagszeit, wenn es richtig heiß ist."
„Und wo ist er die übrige Zeit?"
„Da sitzt er ganz still und versteckt auf seinem Schlafplatz.

Der Schillerfalter ist ein recht aufregender Schmetterling in den Auen: Er hat an sich mattschwarz gefärbte Flügel. Der „Große Schillerfalter" besitzt zwei, der „Kleine Schillerfalter" vier Augenflecken.
Aber: Fällt das Licht in einem bestimmten Winkel auf die Flügel, blitzen sie tiefblau auf. Sie „schillern" also wie tropische Falter!
Diese Blaufarbe ist keine Farbe, die etwa durch einen Farbstoff entsteht! Sie entsteht – wie bei tropischen Schmetterlingen – durch einen physikalischen Effekt, genauso, wie ja auch ein Regenbogen nicht wirklich aus gefärbten Regentropfen besteht! Man nennt solche Farben „Strukturfarben", man sieht sie auch an jeder CD, die schillert, wenn man sie schräg anblickt.
Die Larven des „Kleinen Schillerfalters" leben ausschließlich von Pappelblättern. Sie sind hervorragend getarnt, also grün, doch trägt die Raupe zwei „Hörner" auf dem Kopf.

So, meine Lieben, jetzt suchen wir uns ein schattiges Plätzchen zum Rasten und zum Essen!", schlug Tina vor.
„Hurrah!" Das war allen willkommen. Nach einer Weile fragte Tina:
„Was glaubt ihr, wie hoch der Baum dort drüben ist?"
„Der mit der großen Krone?"
„Ja. Was ist das überhaupt für ein Baum? Wer kennt ihn?"
Niemand meldete sich.
„Es ist eine Eiche; eine sehr alte Eiche.
Also: Wie hoch kann sie sein?"
Das wusste niemand.
„Soll ich euch einen Trick zeigen, wie man das herausfinden kann?"

Ihr müsst euch einen Baum suchen, der möglichst frei steht und gut erreichbar ist. Dann stellt man sich auf und hält einen Ast, einen Stock, einen Bleistift so vor das Gesicht, dass er den Baumstamm deckt und genau von der Basis bis zu Spitze reicht – also genau so groß wie der Baum aussieht.
Nun lässt man den Baum umfallen – natürlich nicht wirklich! Man lässt den Bleistift, dessen unteres Ende dauernd die Stammbasis halten soll, umkippen und merkt sich die Stelle in der Landschaft, wo dessen Spitze landet. Am besten schickt ihr einen Helfer dorthin.
Nun schreitet man die Strecke von der Stelle, wo die Spitze gelandet ist (und wo jetzt der Helfer steht) bis zur echten Stammbasis ab. Kennt man die Größe seiner Schritte, braucht man nicht einmal ein Maßband und kommt so zur ungefähren Höhe des Baumes.

Natürlich waren alle dafür und staunten ein wenig später, wie einfach das eigentlich ging.
„Den Trick kennen sicher auch die meisten Erwachsene nicht!", freuten sich Nazan, Paul und Ingrid. „Das ist cool!"
„Summm! Brummm!", landete ein brauner Käfer mit glänzenden Flügeldecken auf einem Ast der Eiche.
„Was ist das?", fragten die Kinder.
„Das ist ein Hirschkäfer und zwar ein Weibchen!", erklärte Tina.
„Wieso weißt du das?"
„Weil es kleiner ist als Männchen sind und kein ‚Geweih' hat."
„Du meinst, ein Geweih wie ein Hirsch?"
„Nein, es erinnert nur an eines. Darum wird er ‚Hirschkäfer' genannt".
Wer weiß, wieviel Tina noch von diesen größten Käfern im Land berichtet hat, aber die Maus hörte nicht mehr richtig hin. Sie beobachtete die Neue nämlich genau. Als die Kinder weitergewandert waren, getraute sich Kleo näher an sie heran:
„Hallo, du!", piepste sie, „wer bist du?"
„Ich bin ein Hirschkäfer-Weibchen!", berichtete es matt. „Geht es dir gut?"
„Nein! Ich komme von weit her und bin so müde von der langen Reise! Wo ich überall war! Nirgends ist eine alte Eiche zu finden, in die ich meine Eier legen kann! Die Menschen schneiden die Bäume viel zu früh um. Was dann mit unseren Kindern passiert, die im Stamm ruhen, kannst du dir ja vorstellen!"
„Wieso krabbeln die nicht rechtzeitig heraus oder fliegen weg?"
„Weil sie zuerst lange, lange im Holz leben müssen. Ist der Baum aber plötzlich weg, sind unsere Kinder auch weg."

Hirschkäfermännchen

Hirschkäferweibchen

Tina erzählte über den Hirschkäfer:
Die Hirschkäfer sind wohl unsere größten und eindrucksvollsten Käfer, vor allem die Männchen, die ihr „Geweih" vor sich her tragen. Die Weibchen haben statt dessen zwei scharfe Mundzangen (man sagt auch „Oberkiefer" dazu), mit denen sie ganz schön zwicken können.

Im Juli, wenn sie geschlüpft sind, trifft man sehr verschieden große Hirschkäfer an. Die kleinen aber sind nicht etwa die jungen, die erst noch wachsen müssen! Jedes Insekt hat, wenn es aus der Puppe schlüpft, seine endgültige Größe erreicht und wächst nicht mehr.

Ursache ist vielmehr die unterschiedliche Ernährung der Larve. Diese ist ein „Engerling", also eine weißliche, fette, gekrümmte Raupe mit braunem Kopf, die in zerfallendem Holz lebt und zwar bis zu vier Jahren. Ist das eine alte Eiche und geht es der Larve gut, dann wächst sie auch gut und aus ihr wird ein großer Hirschkäfer.
Bei falschem Holz und schlechter Ernährung bleiben die Larven klein und also auch die Käfer.

„Bei uns in der Au findest du alte Eichen genug!", versicherte ihr Kleo.
„Weil sie im Nationalpark nicht gefällt werden dürfen!", krächzte Jakob vom Baum.
„Woher weißt du das schon wieder?", pfiff die Maus überrascht. „Von Tom!"
„Und von Tina!", ergänzte Felix, während das Hirschkäfer-Weibchen in aller Stille eine Stelle im Stamm des alten Baumes suchte, in die es nun endlich ihre Eier legen konnte.

Nun hatte die Maus plötzlich Lust auf eine Beeren-Mahlzeit.
„Zwar sind noch nicht alle reif!", überlegte sie, „aber wenn ich im Brombeerstrauch ein wenig herumklettere, werde ich schon ein paar süße finden!"

Das dachten die Kinder, die Tom an diesem Tag durch die Au führte, auch. Die meisten von ihnen stapften durch das Unterholz, um einige Früchte zu ergattern.

„Auweh! Verflixt!", rief ein Bub, der mit seiner Hose an Dornen hängen geblieben war und sich gestochen hatte.

Auenbrombeere

„Nimm uns die Früchte nicht weg!", pfiffen die Grünlinge keck.

„Ich helfe euch – husch – ",
sagte darauf der Bombeer-Busch
bewaffnet mit Dornen wie Speere:
„Dem sei das jetzt eine Lehre!"
Und stach den Räuber schmerzhaft und jäh,
sodass er laut klagte: „Auweh! Auweh!"

Doch nein, Leute, so ist das wirklich nicht.
Das ist nicht, warum der Brombeer-Busch sticht!
Früchte sind reichlich für alle da.
Heißa juchei, triri, trara!

Vorsicht! Fußangel! Schon manchen Auenwanderer haben sie zu Fall gebracht, die langen rankenförmigen Zweige der Auenbrombeere oder Kratzbeere, wie sie auch genannt wird. Ein niedriger Strauch, der im Unterwuchs der Auwälder wuchert.
Eine richtige Brombeere. Doch ihre Früchte sind nicht schwarz, sondern grau. „Staubig, schmutzig, wohl vom Hochwasser getroffen", so meinen einige.
Falsch! Die Auenbrombeeren tragen einen starken Wachsüberzug, der die ganze Beere nebelgrau macht. Vermutlich ist er ein Schutz gegen eindringendes Wasser, das die Beere aufplatzen ließe, wie jeder sehen kann, wenn er zum Beispiel aufgeplatzte, reife Kirschen nach einer Regennacht am Baum anschaut.
Das dichte, undurchdringliche, rankenbewehrte Brombeerdickicht ist ein hervorragendes Versteck für bodenbrütende Vögel und für Kleintiere. Und die Früchte schmecken ausgezeichnet, auch wenn immer wieder gesagt wird, dass sie manche Menschen nicht vertragen, dass ihnen schlecht wird, oder sie Durchfall bekommen.
Wir haben noch niemanden kennen gelernt, dem es so ging! Vögel jedenfalls, Fuchs, Dachs, Marder tun sich an den Auenbrombeeren gütlich. Und sicher haben zur Römerzeit auch die Bären ihre Beerenmahlzeit gehalten!

Conny hatte kein Mitleid mit dem Buben: „Diese Brombeeren sind doch ohnehin nicht gut", meinte sie, „die sind schon verschimmelt!"
Tina erklärte den Kindern, wieso diese Beeren mehr grau als schwarz aussehen und dass sie sicher nicht verschimmelt sind. „Ich esse lieber Heidelbeeren!", entschloss sich Conny, bückte sich und pflückte eine große, schwarze Beere.

„Um Gottes Willen, lass das!", schrie Tina und nahm ihr die Beere energisch aus der Hand. „Die ist giftig!
Das ist keine Heidelbeere, das ist eine Einbeere!"
Über diesen Vorfall waren alle erschrocken und verhielten sich ganz ruhig, während ihnen Tina mehr über die Einbeere erzählte.

Einbeere

Der Maus war der Appetit auf Brombeeren vergangen. Sie bemerkte, dass sich einige ihrer Freunde unter einer Weide aufhielten und lief zu ihnen.
„Ich muss mit euch reden!", pfiff sie aufgeregt. „Ich habe nämlich eine Idee! Wie wäre es, wenn wir Kindern dann und wann eine besondere Freude machen würden!"
„Das klingt gut!", murmelte der Igel, „aber wie stellst du dir das vor?"
„Schaut, ich bin doch schon so oft mitgelaufen, wenn Tom`und Tina mit Gästen unterwegs waren. Hat mich je einer bemerkt? Nein!"
„Das liegt daran, dass du so vorsichtig bist und so schnell!"

Die Einbeere ist sehr leicht zu erkennen: Ein etwa 20 cm hoher Stiel trägt oben eine glänzendschwarze Beere, fast so groß wie eine kleine Kirsche. Darunter, etwa in der Mitte des Stängels, steht ein Kragen aus 4 großen Blättern (selten 5) rund um den Stängel. Die Einbeere ist giftig! Das sollte man wissen, weil immer wieder Leute die Beere für eine große Heidelbeere halten, da sie Heidelbeeren vor allem aus dem Supermarkt kennen. Dort aber sind es Gartenheidelbeeren, extra gezüchtet, und daher viel größer als unsere wild wachsenden Heidelbeeren. Die Heidelbeere aber gibt es in der Au nicht! Sie wächst in Fichtenwäldern, ist ein verholzter kleiner Strauch (ein so genannter Zwergstrauch) und sieht als Pflanze der Einbeere nicht im Entferntesten ähnlich.
Im Frühling blüht die Einbeere mit einer sehr seltsamen Blüte. Sie hat keine bunten Blumenkronblätter. Dafür ragen 5–6 cm breite Staubblätter mit ihren länglichen Staubbeuteln, goldgelb vom Pollen gefärbt, wie ein Krönchen in die Höhe. In seiner Mitte prangt der Fruchtknoten,ein kleiner runder Knopf. Aus ihm wird dann die pralle, saftige Einbeere.

„Aber Kinder haben doch Tiere so gern und Tina sagt immer, sie sollen **schauen und sehen lernen**. Wenn sie mich sehen würden, nur ganz kurz, das wäre doch was! Ich müsste nur ein bisschen mutiger sein!"
„Müsstest du!"
„Ach, ich probier es einfach einmal aus! Vielleicht macht es ihnen dann noch mehr Spaß, zu schauen und still zu beobachten! Jeder wird eine Maus entdecken wollen. Was sagt ihr dazu? Ich bin gleich wieder da. Wartet auf mich!"
Husch, und weg war sie. Ihre Freunde unterhielten sich inzwischen noch angeregt über das, was sie soeben beschlossen hatten. Nur wurden sie leider oft gestört. Der Himmel war zwar blau, aber irgendetwas tropfte immer wieder auf sie herunter.
„Es regnet!", rief einer, doch die anderen glaubten das nicht.

„Zum Kuckuck, was ist denn das?", ärgerten sie sich. Keiner von ihnen wusste, woher bei strahlendem Wetter Wasser kommen sollte. Da kamen Au-Besucher des Weges mit Tom in ihrer Mitte. Die Tiere versteckten sich schnell. Die Wanderer machten die gleiche Erfahrung wie sie: „Wer spuckt denn da vom Baum?", wunderten sie sich. Tom erklärte es ihnen.

Schaumzikaden-Schaum

Tom erklärte, was es mit dem Tröpfchenregnen auf sich hat:
Schaumzikaden sind recht nah mit den Blattläusen verwandt. Sie leben aber doch sehr viel anders. Sie stechen Pflanzen an, bis der Saft austritt. Den strampeln sie zu Schaum und legen dort die Eier hinein. Die Larve schlüpft also im Schaum, bestens geschützt vor fressgierigen Ameisen oder anderen Insekten, saugt weiter Saft und strampelt auch weiter Schaum.
Die Larve ist grünlich. Man sieht sie nur, wenn man den Schaum mit einem Grashalm zerteilt. Die erwachsenen Schaumzikaden sind klein, nur ein paar Millimeter groß, dreieckig und springen vorzüglich mit ihren Hinterbeinen wie Mini-Heuschrecken.
Ihr Schaumnest wird schließlich so nass, dass das Wasser herunter tropft; besonders deutlich bei der Weiden-Schaumzikade, die die Zweige der Silberweiden bewohnt. Der Schaum selbst – man findet ihn auch auf vielen Bodenpflanzen – sieht aus, als hätte hier jemand ausgespuckt. Im Volksmund nennt man ihn daher „Kuckucksspeichel".

Die erwachsenen Käfer essen ebenfalls Pappelblätter, aber die frischen, noch am Baum befindlichen.

Jetzt, wo die Tiere wussten, was die Ursache für das Tröpfeln von Wasser war, störte es sie nicht mehr. Plötzlich trauten sie ihren Augen nicht. Kleo kam angesprungen:
„Wie schaust denn du aus!", schnaufte der Igel, winselte der Fuchs, krächzte der Specht, piepste die Meise.

Sie hatte ein schneidiges Hütchen auf und trug ein kesses Röckchen aus braunen Blättern.

„Was soll das?", wunderten sich alle.
„Ich bin eure Ranger-Maus! Ranger-Maus! Ranger-Maus!", pfiff sie und tanzte ausgelassen um sie herum.
„Ich werde mich den Kindern zeigen! Hurrah! Ich freue mich darauf!"

„In der Aufmachung?", zweifelte der Igel und schüttelte den Kopf.
„Nein, natürlich nicht!", gab die Maus zu.
„Dann ist es ja gut, du Spaßvogel!", brummte Felix.
Da hörten sie Jakob rufen:
„Kommt alle her! Schnell! Es gibt etwas zu sehen!"
„Was ist los?"
„Hier gibt es einen Kampf! So etwas habt ihr noch nicht gesehen!"

Die Freunde liefen zu der Eiche, auf der Jakob wartete. „Da, bitte!"
Er zeigte ihnen zwei männliche Hirschkäfer, die auf einem Ast saßen. Jeder von ihnen trug ein mächtiges „Geweih". Plötzlich gingen sie aufeinander zu und begannen zu kämpfen.

Einer versuchte, den anderen vom Ast zu werfen. Dabei schnaufte jeder von ihnen:

„Hin und her und auf ihn zu,
den bring ich schon aus seiner Ruh!
Ein Schritt nach vor, ein Schritt zurück,
den hab ich gleich, mit etwas Glück!
Weiter, weiter, ganz zurück,
na warte nur, du gutes Stück!
Und hin und her und zugepackt,
jetzt kommt gleich der letzte Akt!“

Oh Schreck! Der Stärkere von beiden schubste den etwas Schwächeren tatsächlich vom Ast. Die Tiere verstanden nicht ganz, warum das sein musste. Aber Tom erklärte es bald seinen Gästen.

Was wir als „Geweih“ des Männchens bezeichnen, sind die Mundzangen. Es sind die schon erwähnten Oberkiefer, die so ausgebildet sind, weil sie die Männchen beim Rivalenkampf verwenden, um den Gegner vom Ast zu hebeln. Speisen kauen könnte er damit nicht. – Will er auch nicht! Er hat eine orangegelbe Pinselzunge, mit der er nur Baumsäfte auflecken kann. Die treten aber nicht von selbst zutage! Also schließt sich das Männchen einem Weibchen an, das mit seinen Zangen die Zweige anschneidet, bis der Saft heraus quillt. Und da schleckt er mit, stellt sich sogar hochbeinig über das Weibchen, damit ihm ja kein Tropfen entgeht. Dabei kommt es auch zur Paarung. Die Eier werden in einen toten Baum gelegt. Eine neue Larvengeneration kann heranwachsen.

„Dort drüben kämpfen auch zwei!", piepste ein kleines, unscheinbares Vögelchen.
„Wer bist du? Wo bist du? Ich sehe dich nicht!", rief Kleo.

„Da oben auf dem Baumstamm sitzt er!", gab Jakob Auskunft. Man konnte ihn nämlich von der Baumrinde kaum unterscheiden.
„Ohje, was ist denn mit dir passiert!", pfiff die Maus und sah den kleinen Vogel mitleidig an.
„Wieso? Nichts ist mit mir passiert!", antwortete er überrascht.
„Aber dein Schnabel! Der ist doch verbogen!"
„Ich bitte dich, einen solchen Schnabel hat doch jeder Baumläufer!"
„Wozu?"
„Weil man damit aus den Ritzen der Baumrinden alles Mögliche herausstochern kann!"
„Pst, Tina kommt!", flüsterte Felix.
Einer ihrer Gäste hatte den Baumläufer entdeckt. Das musste ein besonders guter Beobachter gewesen sein.
Tina erklärte gerade:
„Der Vogel stochert mit seinem spitzen, gebogenen Schnabel Würmer und kleine Insekten aus der Rinde wie mit einem Zahnstocher!"
„Zahnstocher!", was sollte denn das sein, überlegte die Maus. „Für mich nicht wichtig!", schloss sie und hüpfte weg.
Sie kam aber nicht weit, weil sie Tom begegnete.
Er war mit einer Schulklasse unterwegs.
„Auf allen Seiten Menschen!", pfiff Kleo, „ein Betrieb ist das!"
„Das kommt davon, dass es jetzt besonders viel zu sehen und zu sammeln gibt", erklärte Jakob.
„Sammeln? Was?", piepste die Maus interessiert.
„Schau denen dort drüben zu!", schlug der Specht vor. Kleo hüpfte mit großen Sätzen hin.

Eichen-Galläpfel

„Bitte, kann man die essen?", meldete sich Peter und schleppte zwei Hände voll kugeliger Dinger an. Einige waren rötlich, die meisten aber braun.
„Nein!", lachte Tom. „Sie heißen zwar Galläpfel, genauer gesagt Eichen-Galläpfel, aber essen kann man sie nicht."

Doch das bekam die Maus nicht mit, weil sie durch etwas abgelenkt wurde:
Auf dem Boden neben ihr lag ein abgebrochener Ast einer Ulme, der noch grüne Blätter trug. Darauf fielen ihr merkwürdige Gebilde auf. Und, was sie am meisten wunderte, einige von ihnen waren einen Spalt offen. Die Maus kroch ganz nahe hin.
„Ich glaube es nicht!", flüsterte sie, „das Ding ist bewohnt! Da hört man etwas!"
„Geh raus! Also, geh schon! Raus mit dir!", drängte jemand.
„Weiter, weiter, weiter!"
„Ja doch, hab Geduld!"
„Also macht schon!", drang es aus dem Inneren des Gebildes heraus.

Eine Galle kommt meistens durch einen Insektenstich zustande. Vor allem Gallwespen, Gallmücken und Gall-Blattläuse legen ihre Eier in einen Pflanzenteil, der daraufhin anschwillt und eine Geschwulst hervorbringt, die von Pflanze zu Pflanze und von Tierart zu Tierart verschieden ist, sodass der Kundige an der Galle den Urheber erkennt.

Eichen-Galläpfel sind kugelrunde Gallen einer Eichengallwespe auf der Unterseite der Eichenblätter. Im frischen Zustand schauen sie wirklich wie rotbackige grüne Äpfel aus. Später verholzen sie, werden zu steinharten Kugeln in der Größe eines Ping-Pong-Balles und fallen mit den Blättern ab, sodass man sie am Boden findet. Die Larve des Insekts ist zu diesem Zeitpunkt längst geschlüpft.

Ulmen-Blasengallen sind spektakulär: Als knallrote, schrumpelige Säcke stehen sie mit einem dicken Stiel aufrecht auf der Oberseite von Ulmenblättern. Erzeuger sind die Larven einer Blattlausart, der Ulmen-Blasenlaus. Öffnet man so eine Galle, sieht man die jungen Blattläuse darin. Aber wenn sie erwachsen sind, öffnet sich die Galle genau zum richtigen Zeitpunkt mit einem Riss, damit die Bewohner herauskönnen.

Ulmenblasengallen

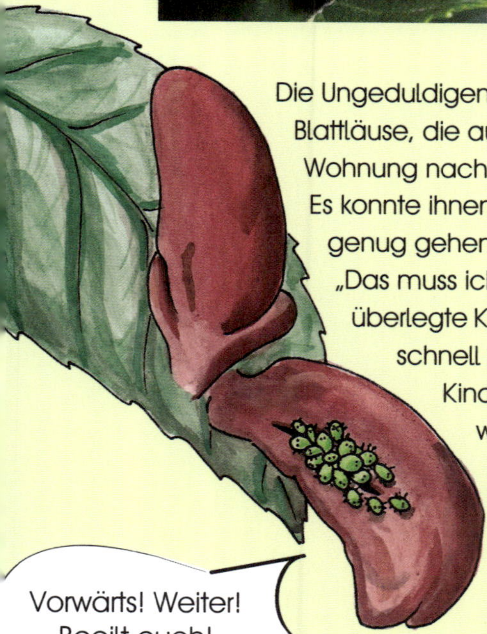

Die Ungeduldigen entpuppten sich als Blattläuse, die aus ihrer bisherigen Wohnung nach außen drängten. Es konnte ihnen gar nicht schnell genug gehen.

„Das muss ich Felix erzählen!", überlegte Kleo, hüpfte aber schnell zur Seite, weil die Kinder ausgeschwärmt waren, um nach irgendetwas zu suchen.

Gleich darauf hörte die Maus, worum es ging:

Spiralgalle

„Schaut doch einmal, was ihr auf dem Waldboden noch alles finden könnt!", schlug Tom vor.
„Ich habe da etwas Komisches!", meldete Goran und zeigte ein Ding, das wie eine kleine Spirale auf einem Stängel befestigt war.
Maria kam mit einem Zweig an, auf dem weiche, grüne Zapfen baumelten.
„Das ist Hopfen!", erklärte Tom.

„Das glaube ich nicht!", zweifelte Leo, „weil mein Vater braut Bier. Dazu braucht er Hopfen, das weiß ich ganz genau! Aber den hat er nicht aus der Au!"
„Das glaube ich gerne!", lächelte Tom. „Das hier ist die ursprüngliche, wilde Art, aus der der Hopfen für die Bierbrauerei nach und nach gezüchtet wurde."

Hopfen

Tom erzählte noch Interessantes über die Spiralgalle: Das gedrehte Ding, das Goran gefunden hat, ist eine Spiralgalle am Blattstiel einer Schwarzpappel. Der Blattstiel ist dabei in eine kunstvolle Spirale verdreht, etwa in der Form des „Spanischen Windes", einer Süßigkeit. In der Galle hausen die Verursacher – wieder sind es Gall-Läuse (also Blattläuse!), die hier an der fleischigen Innenwand der Galle saugen. Da sie, wie alle Blattläuse, Zuckersaft ausscheiden (der sonst auf den Zweigen nach unten tropft, was er in der Galle nicht kann), könnte man diesen mit der Lupe in Form glasiger Kügelchen im Inneren der Galle zwischen den bewohnenden Läuschen sehen, wenn man die Galle der Länge nach aufschneidet. Das machen wir aber nicht, lassen wir die kleinen Blattläuschen leben!

„Darf ich ein Stück Hopfen mitnehmen? Ich möchte es meinem Vater zeigen."
Damit war Tom einverstanden.
Nach und nach wurde der Wind stärker. Die Kinder knöpften ihre Jacken zu. Hui, da segelten winzige Gebilde durch die Luft, drehten sich wie Propeller eines Flugzeugs, wirbelten durch den Wald und landeten schließlich auf dem Boden. Da konnten die Kinder sie genauer ansehen. Was waren das für Wunderwerke!

„Schaut!", rief Tom, „das sind fliegende Früchte! Probiert, sie abzufangen! Wer fängt die meisten?" Das war ein Hallo! Auf diese Weise wurde den Kindern auch nicht kalt. Auf ihrem Weg zurück zum Autobus fanden sie noch verschiedene andere Samen, die teils von den Bäumen segelten, teils schon auf dem Boden lagen.

Ahornfrucht

„Nein, habe ich nicht. Die waren zu sehr beschäftigt!"
„Ausrede! Ausrede!", höhnte der Schlaumeier.
„Gar nicht wahr! Keine Ausrede!", konterte Kleo erbost.
„Schau, da kommt Tina mit ihrer Gruppe.

Da gab es natürlich eine Menge zu erzählen:
Erfinderisch sind die Bäume darin, ihre Früchte und Samen der Luft anzuvertrauen, vor allem dem Wind.
Weiden und Pappeln mit ihrer Samenwolle, die wie Schneeflocken durch den Wald verweht werden, kennen wir schon. Die Samen sind uns im Frühling entgegen geflogen.
Lindenfrüchte verwenden einen „Instant-Hubschrauber" in Form eines trockenen Flugblattes, an dem sie oft zu dritt hängen. Fallen sie herab, so biegt sich das Flugblatt nach oben und verwandelt sich in einen Propeller, der die Früchte zum Wirbeln bringt; der Wind kann sie dann gut verblasen.
Die Ahorne dagegen haben vorgeformte Hubschrauber: Jeder Same trägt einen Propellerflügel, der ihn beim Fallen in Drehung versetzt. Die Samen stehen stets zu zweit. Doch in Drehung geraten sie nur, wenn sie sich voneinander lösen; dann wirbelt der eine rechts herum, der andere links herum. Und jeder Windstoß treibt sie weiter, jeder Aufwind lässt sie höher steigen (z. B. über einer Lichtung).
Nicht ganz so technisch hochgestochen machen es die Eschen und die Hainbuchen: Auch ihre Samen haben Flugblätter, die sie jedoch etwas konfus durch die Luft torkeln lassen. Aber wirksam sind sie auch.
Der Götterbaum (ein Neu-Ankömmling aus China) hat Früchte, die sich dank einer korkenzieherartig gewundenen Flughaut wie eine Walze in der Luft drehen, was ihr Fallen so verlangsamt, dass der Wind sie weithin verblasen kann.

„Ihr dürft euch einige von jeder Sorte nach Hause nehmen, wenn ihr wollt", erlaubte Tom.
„Fein!", rief Kathrin, „ich sammle nämlich Samen! Ich schaue sie mir zu Hause unter dem Mikroskop an. Da gibt es so viele verschiedenen Formen! Die kann man mit freiem Auge gar nicht richtig erkennen!"
„Das stimmt! Damit hast du auch ein schönes, sehr interessantes Hobby!"
Tom wanderte mit seinen Schützlingen weiter.
„Jetzt sind sie weg!", stellte die Maus fest.
„Und?", meldete sich Schlaubi, „hast du dich den Kindern gezeigt?"

Die wandern auch zurück zum Bus! Da hast du noch Chancen!"
Das ließ sich die Maus nicht zweimal sagen. Sie nahm all ihren Mut zusammen. Tina erzählte gerade etwas über Misteln, die wie grüne Kugeln auf Pappeln hingen.

Da sprang Kleo beherzt über den Weg.
Aber niemand beachtete sie.
„Schaut doch hierher! Da bin ich!", rief sie, aber ihre Sprache hörte und verstand niemand!
„Hallo! Da ist Kleo!", probierte sie noch einmal.
Wieder nichts.

Die Kinder wandten sich zum Gehen und die Maus sprang in letzter Sekunde zur Seite.
„Wieso gibt es so viele Misteln?", hörte sie noch jemanden fragen. „Die machen doch die Pappeln kaputt!"
„Sie werden hauptsächlich von Vögeln verbreitet!", berichtete Tina. „Zum Beispiel von der Misteldrossel. Schaut hinauf, da fliegt gerade eine! Jetzt sitzt sie auf einem Mistel-Zweig, seht ihr sie!"
Die Kinder waren begeistert! Sie hatten zum Abschluss ihres Ausfluges eine Misteldrossel gesehen!

Mistel

interessierte sich nicht weiter für die Maus und ihre Gesellschaft.

Ziemlich niedergeschlagen erreichte Kleo den Platz am nahen Altarm, wo sie Felix, Jakob und Schlaubi traf.
„Was hast du?", fragte sie der Igel gleich.
„Es hat nicht funktioniert!", berichtete die Maus. „Keines der Kinder hat mich gesehen!"
„Das hab ich mir gleich gedacht!", antwortete Schlaubi.
„Ja freilich, das hast du dir gleich gedacht! Du bist ja so gescheit!

Wie ihr seht, wächst die Mistel hoch droben auf Bäumen, sehr häufig auf Pappeln, aber auch auf Obstbäumen, Weißdorn etc. Sie ist ein so genannter Halbschmarotzer, das heißt, sie bezieht von ihrem Wirtsbaum keine organischen Nährstoffe, sondern nur Wasser mit Nährsalzen, das im Baum nach oben strömt.

Misteln sind zweihäusig, das heißt, die ganze Pflanze ist entweder weiblich oder männlich. Natürlich bringen nur die weiblichen Misteln Früchte hervor, glasig-milchige Beeren, die einen klebrigen Saft enthalten. Frisst ein Vogel die Beere, dann putzt er sich die am Schnabel klebenden Samen an der Borke eines Baumastes ab und die Samen landen genau dort, wohin sie wollen. Sie bleiben kleben und treiben so genannte „Senker" in den Baum, die die Wasserleitungsröhren anzapfen.
Noch wirksamer allerdings ist ein anderer Weg: der Weg durch den Darm des Vogels! Wenn der Vogel die Beeren schluckt, werden die Samen nicht verdaut, wohl aber „angedaut", das heißt die Samenschale wird löcherig, dadurch keimt der Same wesentlich leichter und rascher. Auch der Kot der Vögel landet ja auf Ästen und Zweigen, und die darin liegenden Mistelsamen keimen sogleich aus. Sie treiben ihre Saugwurzeln in den Wirtsbaum.
Die echte Mistel hat ledrige, immergrüne Blätter. Sie sind im Winter das einzige Grün auf den sonst kahlen Bäumen.

„Aber ob die Drosseln wirklich schuld daran sind, dass es so viele Misteln gibt, das finde ich jetzt noch heraus!", pfiff die Maus energisch. „Jakob, frag doch die da oben, ob das stimmt!"
„Das weiß ich nicht!", antwortete die da oben sehr wenig interessiert.
„Frisst du die weißen Beeren?", erkundigte sich Jakob.
„Natürlich, die sind doch köstlich!"
„Und dann?"
„Wenn ich genug habe, putze ich mir den Schnabel ab und fliege weiter."
„Aha!", krächzte Jakob. „Also doch! Es bleibt etwas von der Beere zurück. Aber für die weißen Beeren interessieren sich ja nicht nur die Drosseln sondern viele andere Vögel auch!"
„Kann sein!", rief der hübsche Vogel und

Ich werde nicht aufgeben, damit du es weißt! Ich werde es morgen wieder probieren!"
Etwas gekränkt lief sie zu ihrem Nest. Am Altarm war es still und ruhig geworden.
„Ein recht kühler Abend!", stellte Felix fest und verkroch sich.

Heißländen im Herbst

Tina führte ihre Wandergruppe am nächsten Tag zu einer Heißlände. Die Maus fand das gut, weil die Pflanzen dort weniger hoch und dicht stehen als im Wald. Sie kam flotter voran und konnte außerdem besser gesehen werden, wenn sie das wollte. Und das hatte sie sich doch vorgenommen. Auf dem Weg dorthin überquerten sie eine Wiese:

„Wow! So viele Herbstzeitlosen!", freuten sich die Kinder.

Gleich bückte sich einer von ihnen und wollte eine Blüte abpflücken.

„No, no, no, Jack, don't!", rief seine Mutter und zog ihren Buben schnell am Kragen hoch. Dass eine so schöne Blume giftig sein soll, hatte er nicht gewusst. Vielleicht gab es in dem Land, in dem er zu Hause war, keine Herbstzeitlosen.

Schnell erklärte Tina ausführlich, warum man die Pflanze nicht anrühren soll.

Auf der Heißlände angekommen, wurde eine Pause eingelegt.

Herbstzeitlose

Überall auf Wiesen und Heißländen blüht jetzt die Herbstzeitlose; wie ein blassvioletter großer Krokus sieht sie aus.

„Zeitlose" – das soll andeuten, dass sie ganz gegen die Regel im Herbst blüht, und zwar ohne Blätter!

In Wirklichkeit reicht ihre Blüte bis tief in die Erde hinab, bis zu ihrer Knolle in fast 20 cm Tiefe. Hier entsteht auch ihre Frucht, die im nächsten Frühjahr zusammen mit den Blättern aus der Erde geschoben wird; da ist dann von einer Blüte nichts mehr zu sehen. Die Blätter aber stehen als klatschgrüne große Büschel in den Heißländen und Wiesen, die Frucht in der Mitte ist eine grüne Kapsel, die viele Samen enthält.

Die Herbstzeitlose ist wahrscheinlich unsere giftigste Pflanze. Sogar wenn man sie nur pflückt, kann der austretende Saft bei manchen Menschen durch die Haut dringen und Vergiftungserscheinungen hervorrufen. Wer die Pflanze (ob Blüte oder Blätter) versehentlich in den Mund nimmt oder gar isst, kann nicht mehr gerettet werden.

Alle setzten sich ins Gras.
„Das ist gut für meinen Plan!", überlegte die pfiffige Maus und machte sich bereit.
Sie lief zu dem Fleckchen, auf dem die Kinder saßen, setzte sich vor sie hin und sah sie treuherzig an:
„Eine Maus!", „Eine Maus!", „A mouse!", riefen sie voll Begeisterung: Kleo sprang sofort wieder weg und versteckte sich.
Das war aufregend! Ihr Herz klopfte laut.
Doch sie hatte es geschafft!
Ja, die Kinder sind auf sie aufmerksam geworden!
„Das werde ich später gleich noch einmal versuchen!", nahm sie sich vor.

Waldmaus

Kleo hätte ihren Freunden am liebsten gleich von ihrem Erfolg berichtet, aber Tina deutete auf eine niedrige Pflanze, auf der ein merkwürdiges Tier saß. War es überhaupt ein Tier? Das wollte die Maus herausfinden!
„Nein, es ist bestimmt nur ein Blatt!", vermutete sie. „Es bewegt sich nicht!"
„Das Tier lauert auf Beute!", erklärte Tina. „Es ist ein Insekt; eine Gottesanbeterin. Sie hält ihre Vorderbeine wie zum Gebet; daher kommt ihr Name."

Die Gruppe wanderte weiter. „Also doch ein Tier!", fiepte die Maus, schlich sich nah an das merkwürdige Lebewesen heran und beobachtete es. Plötzlich schnellten zwei beängstigend lange, borstige Vorderbeine nach vor und packten eine Gelse. Schnapp, und weg war sie.
„Wieder eine weniger!", stellte die Maus fest.

Gottesanbeterin

Und weiter erzählte Tina:
Die Gottesanbeterin ist eine Fangschrecke und nicht direkt mit den Heuschrecken verwandt. Ihr Name bezieht sich auf ihre Sitzhaltung: Sie trägt zwei Fangzangen wie Klappmesser gefaltet vor dem Kopf, was ein wenig nach Beten aussieht. In Wirklichkeit lauert sie, um in höchster Bereitschaft blitzschnell zuzuschlagen, wenn etwas Fressbares naht; etwa ein Schmetterling. Als Lauerjäger sind sie gut getarnt: die meisten sind grün, einige braun. Sie können ganz gut fliegen und tun es auch, wenn sie beunruhigt werden, allerdings nur kurze Strecken.
Die Weibchen sind größer und haben gegen Ende des Sommers einen dicken Bauch, gefüllt mit Eiern. Diese legen sie dann als einen Kokon ab, in eine Art Schaummasse, in der jede Larve ihr eigenes Kämmerchen hat. Die Masse erstarrt rasch zu einem styroporartigen ovalen Gebilde, das man an Pflanzenteile geklebt finden kann.

Es imponierte ihr aber, wie das merkwürdige Insekt seine Beute gefangen hatte. Noch etwas erstaunte sie: Es kam einer an, der so aussah wie die Gottesanbeterin selbst, nur etwas kleiner. Er drehte seinen Kopf hin und her und begann in respektvoller Entfernung aufrecht vor ihr herumzutänzeln. Er wusste, dass er vorsichtig sein musste. Tina erklärte warum:
„Es kommt vor!", sagte sie, „dass die Weibchen die viel kleineren Männchen während oder nach der Paarung auffressen!"
„Na, du bist mir eine!", pfiff die Maus überrascht, sah sich noch einmal nach ihr um und hastete dann weiter. Sie wollte die Wanderer unbedingt einholen, weil die anscheinend schon wieder etwas Besonderes entdeckt hatten. Tina zeigte auf einen Strauch, auf dem zwei wunderschöne, bunte Vögel saßen:

Bienenfresser

„Die sind aber selten! So einen habe ich noch nie gesehen!", staunte ein Mann, der sehr oft in der Au wanderte.
„Es sind Bienenfresser", berichtete Tina. „Wir haben wirklich Glück, dass wir die beiden noch sehen können, denn sie sind nur während des Sommers bei uns und fliegen bald in ihre afrikanischen Winterquartiere zurück."
Etwas später entdeckte Kleo die beiden noch einmal. Einer von ihnen hatte eine Biene im Schnabel.
„Nein, nicht!", pfiff die Maus so laut sie konnte, „die hat einen Stachel, du wirst daran ersticken!"
Der Vogel schlug die Biene seelenruhig auf einem Ast auf und knetete sie eine Weile durch, bevor er sie schluckte.
„Bin nicht erstickt! Prürr-prürr!", rief er und flog unbeschwert weiter.
„Der bearbeitet seine Mahlzeit, bevor er sie frisst! – Prürr-prürr", staunte die Maus.

Die Wanderer machten sich auf den Rückweg.
„Ein Versuch noch, mich zu zeigen!", entschied Kleo gut gelaunt. „Wie fällt man auf?", überlegte sie, „indem man raschelt!"
„Was raschelt da?", fragte René sofort. „Schaut, eine Maus!"
„Waldmaus bitte schön!", korrigierte sie beim Wegspringen. Allerdings war ihr klar, dass die Menschen sie nicht verstehen würden. Nach dieser gelungenen Vorstellung lief sie nach Hause. Sie konnte es kaum erwarten, ihre Freunde zu treffen.
„Seht ihr, so wie ich solltet ihr das auch machen!", riet sie ihnen, „dann werden die Kinder noch viel lieber kommen und sich für uns interessieren."
„Ich weiß nicht!", zweifelte Igel Felix, „dann werden sie glauben, dass ihnen die Tiere in der Au nur so entgegen springen!"

„Das glaube ich nicht!", meinte Schlaubi, „Tom und Tina werden ihnen schon erklären, dass das nicht so ist."
„Eben. Und es kommen doch auch immer andere Kinder in die Au", bestätigte Jakob.
„Das ist auch wieder wahr", gab Felix zu, aber er wollte sich die Sache doch noch einmal gründlich überlegen.

Streifenwanzen

Viele Tiere freuen sich im Herbst auf süße Brombeeren; Kleo natürlich auch. Kaum hatte sie von einer probiert, spuckte sie sie aber aus:
„Pfui, bäääá!", pfiff sie, „wie ekelig! Die schmeckt ja abscheulich!"
„Hi-hi-hi-hi!", vernahm sie eine kichernde Stimme im Hintergrund, und das klang ziemlich schadenfroh.

Wanzen haben einen schlechten Ruf. Den hat ihnen einerseits ihr unsympathisches Mitglied, die Bettwanze, ein Blutsauger, eingetragen. Anderseits ist es das Stinksekret, das sie als Schutz gegen Fressfeinde abgeben, und das als Tröpfchen schon manche Himbeere oder Erdbeere ungenießbar gemacht hat.

Die meisten Wanzen aber sind Blattwanzen, wunderschöne Tiere, die den Käfern in Form und Färbung in nichts nachstehen.

Eine der schönsten ist die Streifen- oder Schriftwanze. Mit ihren rot-schwarzen Streifen ist sie auch eine der auffälligsten.

„Wer lacht sich da ins Fäustchen?", donnerte die Maus.
„I-i-i-ch! Hi-hi-hi!"

„Wie? Etwa du?"
Kleo war überrascht, ein hübsches, rot gestreiftes Geschöpf vor sich zu sehen, das langsam über eine Beere kroch; es sah aus wie ein Käfer.
„Du hast etwa den ekelhaften Geschmack auf die Brombeere gebracht? Warum? Gemein ist das!", schimpfte die Maus.
„Was hast du eigentlich? Such dir eine andere Beere; es sind ja genug da! Der schräge Duft, den ich versprühe, ist meine Waffe und meine roten Streifen sind es auch!"
„Wieso, was machst du damit?"
„Gar nichts! Sie sollen alle, die Appetit auf mich haben könnten, warnen: ‚Friss mich ja nicht!', soll das bedeuten, ‚ich schmecke ekelhaft'!"
„Ja, das habe ich gemerkt! Aber bitte, wenn dir das eine Hilfe ist, dann will ich dir verzeihen!", fiepte das Mäuschen großzügig und rief ihr nach: „Auf Wiedersehen, schöne Stinkige!"

Die Streifenwanze kümmerte sich aber nicht um die Maus.

„Hilfe! Hilfe!", hörte sie jemanden rufen und dann: „Upps!"
„Was ist denn jetzt schon wieder passiert?", forschte Kleo.
„Ich habe mich gerade noch aus einem Spinnennetz befreien können!", keuchte eine Fliege. „Eine gefährliche Zeit ist das! Spinnennetze, wohin man schaut!"
„Das ist wahr! Achtung, da ist eine Spinne, die gerade etwas verpackt!"
„Oh weh! Eine

Wespenspinne

Wespe hat sich in ihrem Netz verfangen, und schon ist es vorbei mit ihr. Jetzt wird sie verpackt und für später aufgehoben! Hab ich ein Glück gehabt, dass ich davongekommen bin! Ich darf nicht sterben!", zeterte die Fliege, „ich habe noch so viel vor!"

„Du hast noch viel vor?", piepste die Maus belustigt. „Das kann ich mir nicht vorstellen! Was denn etwa?"

„Ich möchte die Ur-Mutter neuer Fliegengenerationen werden. Gestatten: mein Name ist Frieda!"

„Dazu musst du natürlich überleben!"

„Klar! Aber ich muss auch noch einen warmen, gemütlichen Platz finden, an dem ich überwintern kann. Den will ich jetzt gleich suchen, ehe mir noch einmal eine Spinne in die Quere kommt!"

„Ich kann dich verstehen, Frieda!", hauchte die Maus. „Pass ja auf! Es gibt ringsherum Spinnentiere, die alles zudecken mit ihren Netzen, damit sie ja genug fangen können!"

Kreuzspinne

Radnetz

„Da haben wir's! Schau, dort!", surrte die Fliege. „Eine Heuschrecke mitten in einem Netz! Wie sie strampelt!"
„Die kommt durch! Die ist kräftig! Die wird sich befreien können, da bin ich sicher!", war die Maus überzeugt.

„Wenn du glaubst! Hilfe, da ist schon wieder eine Spinne, die gerade ein Netz spinnt."
„Meinst du die mit dem Kreuz?"
„Ja, die! Kompliziert sieht das aus, was sie da macht! Ich verabschiede mich jetzt lieber!"
„Auf Wiedersehen, Frieda!", pfiff Kleo, „mach's gut!"

Baldachinspinne

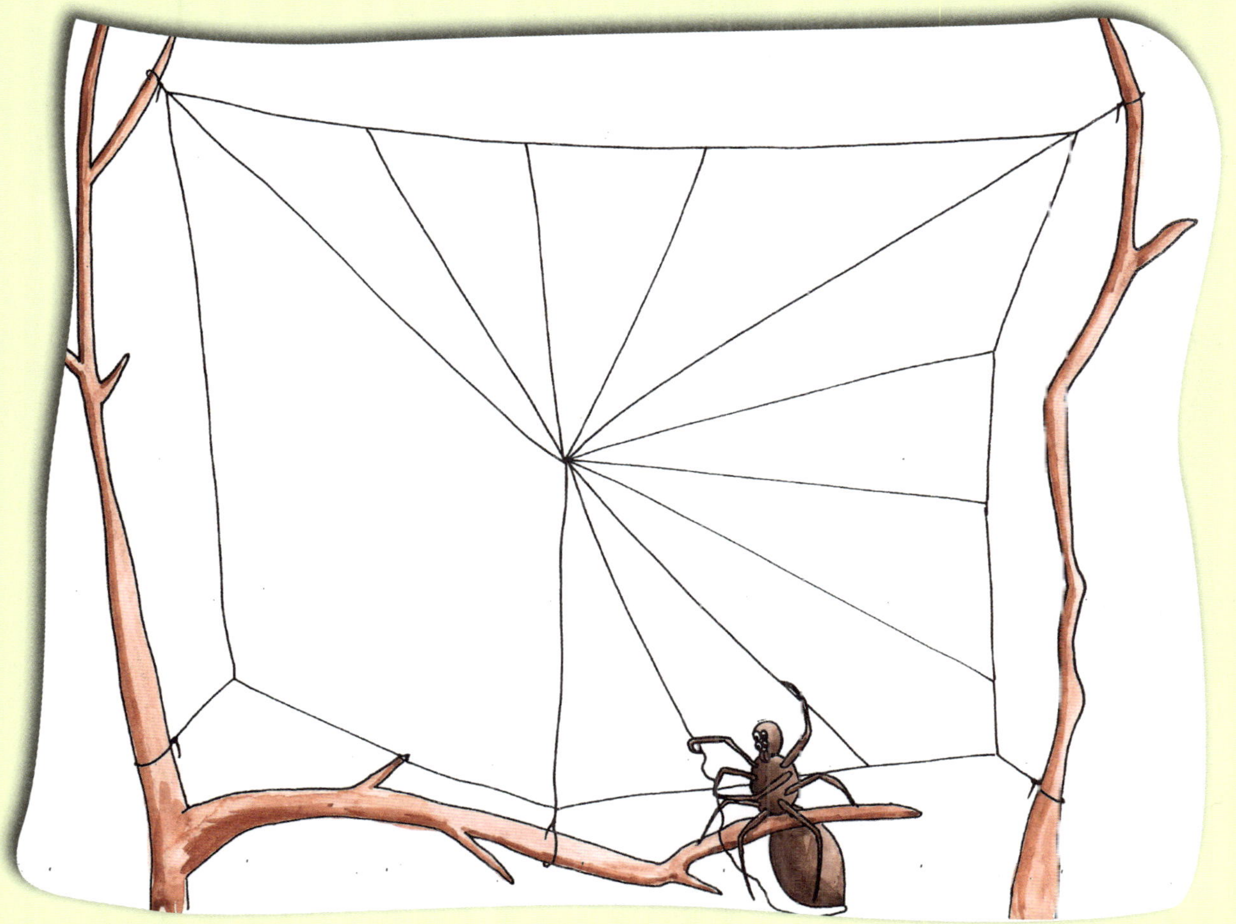

Herbst und Winter im Wasserwald

Früchte Pfaffenkäppchen

Der Wind wehte stark und die Sonne wärmte nicht mehr so wie bisher. Viele Blätter waren schon von den Bäumen gefallen, andere leuchteten noch in bunten Farben.

In den Hecken baumelten Pfaffenkäppchen mit ihren rot-orangen Früchten lustig im Wind. Sie lockten Vögel an, als wollten sie sagen: „Kommt und schaut, was es hier alles gibt!"

„Hecken sind sehr wichtig für Tiere!", erwähnte Tina. „Sie können sich bei ihnen verstecken und sind vor Wind und Wetter etwas geschützt."

Auch Bäume und Sträucher müssen dafür sorgen, sich zu „verjüngen", wie der Förster sagt, also Junge zu kriegen, und neue Lebensräume zu erobern. Sie nutzen dabei verschiedene Ausbreitungsmittel, manche davon sind recht fantasievoll. Warum also nicht gleich Tiere einspannen? Zahllose Pflanzen verbreiten sich über Tiere. Alle roten, schwarzen und blauen Beeren, also Dirndl, Liguster, Kratzbeere, Schneeball, Holunder etc. setzen darauf, dass Tiere, meist sind es Vögel, sie essen und verschleppen. Das sollen sie auch, denn das, worauf es der Pflanze ankommt, der Same mit dem eingepackten Embryo, ist unverdaulich, ja hat sogar Vorteile beim Durchgang durch einen Vogeldarm! Dessen Verdauungssäfte lockern seine Samenschale und fördern so die Keimung. Als „Intersteher" behalten sie die Früchte oft den ganzen Winter über.
So auch das Pfaffenhütchen: In seinen knallroten Früchten stecken die schwarzen Samen, eingehüllt in eine orangerote Hülle. Ein lockendes Farbenspiel! Man nennt es daher auch „Rotkehlchenbrot".

Die Büsche standen dicht nebeneinander und doch hatte jeder einzelne Platz genug, um wachsen zu können: der Weißdorn, der Kornelkirschen- und der Hagebuttenstrauch, der Kreuzdorn, der Rote Hartriegel, der Liguster, der Holunder, der Haselstrauch und viele mehr.
Eine Singdrossel begeisterte sich für die roten Beeren des Schneeballs.
„Sicher hat die einer von euch hierher gebracht?", wandte sich Felix an die Drossel.
„Kann schon sein!", antwortete sie.
„Wie geht das aber? Wie kann ein Vogel einen Strauch pflanzen?", erkundigte sich die Maus, die immer scharf mitdachte.
Tina erklärte es:
„Das geht so: Saftige Beeren werden gefressen – ‚schmatz' – ihre Kerne wandern durch den Darm und kommen hinten wieder heraus – ‚pflutsch'. Sie fallen auf den Boden – ‚plopp' und keimen im nächsten Frühjahr; zumindest einige von ihnen. Dann schlagen sie Wurzeln, und so werden aus ihnen Bäume und Sträucher."

„Das gefällt mir!", meinte Kleo später zu Felix: „Die Vögel brauchen die Beeren und die Beeren die Vögel!"
„Und wir alle brauchen die Hecken!", bestätigte der Igel, „und zwar zu jeder Jahreszeit!"
„Oh ja, im Frühjahr bauen wir in den Büschen unsere Nester", verkündeten Grünlinge und Amseln begeistert.
„Wenn es heiß ist, finden wir in der Hecke schattige Plätzchen!", erzählte Hase Hops.
„Und Futter!", zwitscherte eine kleine Blaumeise.
„In der Hecke können wir uns verstecken!", erklärte Igel Felix.
„Und uns vor dem Wind schützen!"
Tina sagte eben: „Jedes Lebewesen, das in einer Hecke wohnt oder gelegentlich dort vorbeikommt, -springt, -läuft, -fliegt oder -hoppelt, lebt frei nach seiner eigenen Art und doch bilden alle zusammen eine Art Gemeinschaft.
– Eine Heckengemeinschaft."

Hecke, liebe Hecke!
Heimat für die Schnecke.
Mücke, Biene, Käfer, Laus,
alle sind bei dir zu Haus.
Nährst den Boden, nährst das Tier,
bist ein hübscher Anblick mir.
Schützt vor Hitze, schützt vor Sturm
Hase, Wiesel, Raupe, Wurm.
In den schattentiefen Hecken
können Vögel sich verstecken.
Aus Laub und Zweigen dicht und fest
baut der Igel hier sein Nest.
Deckung sucht, was fliegt, was lief.
Die Kröte gräbt sich ein ganz tief.
Der Herbstwind bläst und es wird kalt
in Flur und Feld, im Wasserwald.
Schnell verkriecht sich da die Schnecke:
„Danke, danke, liebe Hecke!"

Felix interessierte sich vor allem für das Falllaub, denn das brauchte er dringend für sein kugeliges Winternest. Aber nicht nur deswegen:

Falllaub

Er wusste, dass sich im Laub Leckerbissen verstecken.

„Mmmm! Köstlich!", schmatzte er und schnappte da einen Laufkäfer, dort eine Spinne; er fand Schnecken, Asseln und anderes Getier. Ihm fiel auf, dass sich einige Geschöpfe zum Schutz vor dem Winter bereits eingruben, so wie die Weinbergschnecke neben ihm.

Kleo war auch aufgefallen, dass sie mit ganzer Kraft ein Loch buddelte:

„Wer baut sich denn da ein Haus?", flötete die Maus.

„Unsinn! Ich vergrabe mich. Ein Kalkdeckel muss noch her; dann ist das Haus zu und fertig!"

„Kalkdeckel? Wer macht dir den?"

„Wer wohl? Ich selbst."

„Ginge es nicht auch ohne?"

„Nein. Glaubst du, ich möchte, dass Ameisen und andere Nachbarn bei mir herumkriechen und mich stören? Außerdem ist es mit Deckel drinnen wärmer und feuchter!"

„Du kannst dich also einmauern und kommst im Frühling frisch fröhlich wieder heraus?"

„Du sagst es!" „Und du erstickst auch nicht?"

„Keine Idee!" „Alle Achtung!

Na dann, bis zum Frühjahr!"

„Bis zum Frühjahr!", hauchte die Weinbergschnecke und machte sich wieder an die Arbeit.

Kleo hörte Stimmen und zog sich zurück.

Tom führte Kinder und Erwachsene durch den Wald. „Schau, die schönen Lampions!", riefen sie begeistert und stürzten sich auf die knalligroten Judenkirschen.

„Nicht wegnehmen! Nicht wegnehmen!", gackerte ein Fasan. „Leibspeise! Leibspeise!"

„Die Fasane mögen die orangefarbenen Kugeln, die in den kleinen Lampions stecken, sehr gerne!", erklärte Tom.

„Wenn das so ist, dann sollten wir sie lieber stehen lassen!", waren sich die Kinder einig. Das gefiel Tom.

„Ich bin mü-ü-ü-de!", jammerte ein kleiner Bub.

„Ich auch!"

„Ich auch!", meldeten sich mehrere Kinder.

„Wir haben zwar nicht mehr weit, aber gut, rasten wir ein wenig!", schlug Tom vor.

Judenkirsche

Sie suchten sich einen windgeschützten Flecken, umgeben von dichten Büschen, setzten sich und aßen ihre Brote. Bald hörten sie ein Geräusch, das ihnen merkwürdig vorkam.

„Pst!", deutete Tom. Sie versuchten herauszufinden, woher das Knacksen und Knistern kam und was dahinter steckte.

Tom wusste einiges zu den Lampionblumen zu sagen:

Die leuchtend roten, aufgeblasenen Früchte der Lampionblume oder Judenkirsche heißen so, weil im Mittelalter die jüdischen Frauen Hauben trugen, die diesen Früchten ähnelten. Die Blüten der Judenkirsche sind unscheinbar, sehen etwa aus wie blasse Tomatenblüten. Die Früchte aber haben es in sich: In der aufgeblasenen, häutigen Hülle hängt die eigentliche Frucht, eine glänzende orangerote Beere.

Eine Verwandte unserer Judenkirsche ist die „Kap-Stachelbeere' aus Südafrika, die man sogar essen kann. Judenkirschen werden gerne als Zimmer- oder Grabschmuck verwendet, weil sie auch getrocknet ihre Schönheit nicht verlieren.

„Was ist das?", flüsterte die Maus dem Igel zu. „Wetten, dass Wildschweine unterwegs sind?", war Felix sicher.
„Wildschweine? Mein Lieber, da heißt es schnell in Deckung gehen. Die trampeln einen doch glatt nieder", und – husch – versteckten sich Maus und Igel an einem sicheren Ort.

Schon kamen sie gelaufen, die lebhaften, kräftigen Schweine mit zotteligem, schwarzem Fell; einige größere und viele kleinere. Die Kinder versuchten angestrengt, zwischen den Blättern der Sträucher durchzublinzeln, um einen Blick auf die Waldbewohner zu erhaschen.
„Angst!", rief der kleine Bub neben Tom

Wildschwein

Wildschweine (das „Schwarzwild" der Jäger) gehören zu den typischsten Großtieren unserer Wälder. Sie versuchen, Begegnungen mit uns zu vermeiden, sodass man nur selten in der Abenddämmerung ein Wildschwein in freier Wildbahn sehen kann.
Umso eher stößt man auf Spuren ihrer Tätigkeit: Streckenweise ist der Wald aufgewühlt, wie mit dem Pflug bearbeitet. Da haben sie mit ihren harten Wühlscheiben im Boden nach Zwiebeln, Knollen, Erdstämmen, Schnecken, Würmern, sogar Mäusen gesucht. In feuchten, schlammigen Senken „suhlen" sie sich, das heißt, sie wälzen sich im Schlamm, um ihre Haut gegen Parasiten zu imprägnieren.
Weibliche Wildschweine, die „Bachen", bilden Gruppen, so genannte „Rotten", wenn sie Junge haben. Die Kleinen sind dunkel und gelb längs gestreift, erinnern also an große Kartoffelkäfer! Dann aber ist es besser, man trifft sie nicht oder nimmt schleunigst Reißaus, denn eine führende Bache ist äußerst besorgt um ihre Jungen und wird dann aggressiv.

„Du brauchst keine Angst zu haben, Benny!", flüsterte Tom, „die ziehen nur durch."
„Ich habe gehört, dass sie den Menschen aus dem Weg gehen. Wieso sind sie jetzt da?", fragte ein Mädchen ganz leise mit vorgehaltener Hand.
„Sie haben uns nicht bemerkt, weil der Wind in die Gegenrichtung weht. Dadurch konnten sie keine Witterung von uns bekommen und wissen gar nicht, dass wir da sind."
Die Tiere bohrten ihre kräftigen Rüssel in die Erde, holten etwas heraus, schmatzten und grunzten zufrieden. Danach liefen sie gleich wieder weiter. Nur eines hatte noch zu tun: Es rieb sich kräftig am Stamm einer Eiche.
„Ich will, dass er weggeht, der Wildschweinerich!", flüsterte der kleine Benny ängstlich. Vielleicht hatte das Tier die Stimme gehört; jedenfalls galoppierte es davon.
„Wildschweinerich!", lachten alle, auch Tom.

„Das war kein ‚Schweinerich', Benny, das war ein weibliches Wildschwein! Außerdem nennt man die männlichen Tiere ‚Keiler' und die Jungen ‚Frischlinge'. Wir haben wirklich großes Glück gehabt, dass wir sie sehen konnten. Das kommt nicht oft vor."

„Aber sind die nicht gefährlich?", erkundigte sich ein Kind.

„Gefährlich sind nur die Mütter, wenn sie Junge führen. In der übrigen Zeit laufen sie vor den Menschen davon. Die männlichen ‚Schweineriche' sind alleine unterwegs", berichtete Tom.

„So, jetzt aber auf! Es wird Zeit für den Heimweg!"

Die Kinder besprachen das aufregende Erlebnis noch lange.

Die Maus und der Igel krochen aus ihren Verstecken, und wurden gleich Zeugen eines heftigen Streits: Durch das Unterholz liefen nämlich noch einige Nachzügler aus der Rotte. Auch sie wühlten im Boden und schmatzten dabei.

„Weg hier!", schimpfte eine kleine Wühlmaus. „Alles machen sie kaputt! Eine Gemeinheit ist das! Da plagt man sich Tag und Nacht, und dann kommen diese Rowdies und zerstören einem die Gänge!"

Frischling

„Was regst du dich auf!", grunzte eines der Schweinchen, „der Wald ist für alle da!"

„Gut, aber könnt ihr nicht aufhören, mit euren Rüsseln die Erde umzuackern?"

„Können wir nicht! Wollen wir auch nicht, weil es darin herrliche Wurzeln und Knollen gibt. Man kann sogar Engerlinge herausfischen!

Klapp – klapp."

Das Schwein klappte seine Ober- und Unterkiefer geräuschvoll aufeinander.

„Die hat vielleicht ein Gebiss!", gruselte es Kleo.

Die kleine Wühlmaus, saß vor ihren aufgewühlten Gängen und konnte sich immer noch nicht beruhigen.

„Alles machen sie kaputt!", schimpfte sie weiter.

„So ist das aber auch wieder nicht!", rechtfertigte sich das Schweinchen.

„Wir lockern den Boden auf! Vorne wird gepflügt und hinten wird gedüngt! Hast du's verstanden?"

Der Maus fiel bei der Gelegenheit noch etwas auf. Sie hörte Stimmen:

„Na also, jetzt sind sie wieder da!“, stellte eine dicke Eichel fest, die sich noch hoch oben in der Krone ihres Eichenbaumes befand.

„Wer?“, erkundigte sich ihre Nachbarin.

„Die Wildschweine!“

„Ach die! Die haben nichts wie fressen im Kopf!“

„Müssen sie auch. Die brauchen uns!“

„Was heißt das?“

„Das heißt, dass sie uns fressen werden!“

„Wie soll das gehen?“

„Indem wir uns einfach fallen lassen!“, und – plumps – machte es ihr die dicke Eichel vor. Viele andere folgten ihr.

Eicheln

Der markanteste Baum unserer Wälder ist die Eiche, wohl bekannt durch ihre einzigartigen gelappten Blätter. Die Eiche?? Welche! Es gibt mehrere Eichenarten, und sie sind leicht zu unterscheiden.

In der Au stehen die Eichen nur an den höher gelegenen Stellen, dort, wo das Grundwasser tiefer liegt und die auch kaum mehr durch Hochwässer erreicht werden. Man nennt diese Wälder „Hartholzau“, und die Eiche mit ihrem harten Holz passt ja wunderbar hinein (andere wären Linde, Ahorn, Hainbuche usw.) Bei uns gibt es vor allem drei Eichenarten:

Die **Flaumeiche** ist ein krüppeliger Baum, der nur auf sehr trockenen Hängen vorkommt, also nicht in der Au.

Die Eiche der Au ist die **Stieleiche**. Sie heißt so, weil ihre Früchte – die bekannten Eicheln – an langen Stielen sitzen; die Blätter dagegen haben kurze Stiele und – ein gutes Kennzeichen! – am Stielansatz hat das Blatt regelrechte „Ohrläppchen“.

Bei der **Traubeneiche** dagegen sitzen die Eicheln in Gruppen (eben in „Trauben“) fast ohne Stiel am Zweig. Der Blattgrund der Blätter hat keine Ohrläppchen, sondern verläuft einfach in den Stiel.

Die Wanderer, die um diese Jahreszeit mit Tina unterwegs waren, hatten schon warme Jacken an, denn es blies häufig ein kühler Wind.

Ein Bub wandte sich an Tina:

„Bitte, mein Freund hat gesagt, dass die Au im Winter fad ist!“

„So, hat er das gesagt, na dann warte einmal ab!“

Sie wanderten einem stillen Wasser entlang.

An manchen Stellen der Uferböschung bemerkten sie verdächtige Schleifspuren, die den kahlen Hang hinunter zum Wasser führten.

„Was könnte das sein?“, fragte Tina.

„Es sieht aus, als wäre jemand hinunter gerodelt!“, antwortete ein Mädchen.

„So ähnlich; allerdings ohne Rodel“, schmunzelte Tina. „Hier sind Biber ins Wasser gerutscht.“

„Das möchte ich sehen!“, rief Alex begeistert.

Bibernagung

„Ich auch!“, lachte Tina, „aber die Tiere lassen sich dabei leider nicht zusehen. Dafür können wir ihre Arbeit bewundern.“
„Ihre Arbeit?“
„Ja, schaut, da drüben ist ein Baumstamm, an dem Biber genagt haben. Sie tun das in der Nacht und nagen meist rundum, bis der Stamm an seiner dünnsten Stelle bricht und umfällt. Manchmal benagen sie ihn aber auch nur von einer Seite.“
„Und das davor sind etwa die Späne, die sie abgenagt haben? Echt?“
„Echt!“
„Und das Holz fressen sie nicht?“
„Nein, Holz fressen sie nicht!“, erklärte Tina.

Die Kinder liefen voll Begeisterung hin und ließen die Späne durch ihre Finger gleiten.
„Dürfen wir ein paar von ihnen mitnehmen?“
„Aber sicher!“, freute sich Tina. Das gefiel den Kindern.
„Warum fällen Biber Bäume?“, erkundigte sich ein Mädchen.
„Weil sie die Äste zu ihrem Bau unter Wasser schleppen wollen. Sie fressen im Winter gerne die Rinde dünner Zweige und Knospen.
Wenn der Wasserarm zugefroren ist, haben sie unter Wasser dann eine gefüllte Speisekammer!“
„Die Biber hinterlassen aber sehr deutliche Spuren!“, lachte Goran.
„Das stimmt! Wodurch können Tiere denn noch verraten, dass sie da gewesen sind?“

Hasenspuren

Eichhörnchenspuren

Mausspuren

Wildschweinspur

Das war wohl eine schwere Frage, die Tina dann doch selbst beantwortete:
„Sie hinterlassen Fährten, das sind Trittspuren, Losungen und Fraßspuren. So! Augen auf, wir wandern jetzt zur Donau! Wer findet unterwegs Spuren?"
Als es wieder still rund um den Nagebaum geworden war, meldete sich Kleo zurück.
„Was Tina gesagt hat, stimmt gar nicht!", pfiff sie. „Die Biber schlafen den ganzen Winter!"
„Wo hast du denn das her?", krächzte Specht Jakob.
„Ich weiß es eben! Ich habe im Winter noch nie einen Biber gesehen."
„Du irrst dich, Kleo. Die Biber sind auch in der kalten Jahreszeit unterwegs und besorgen sich immer wieder Nahrung. Außerdem nagen sie an ihren Eislöchern herum, damit sie nicht zufrieren."
„Wirklich? Dann habe ich mich wohl geirrt", gab die Maus zu.
„Und ob!", meldete sich Schlaubi. „Habt ihr schon einmal zugehört, wie sie die ganze Nacht nagen? Knatter, knatter, knatter!"
„Nein. In der Nacht schlafen Spechte!", gab Jakob zurück.
„Und Mäuse meist auch!", piepste Kleo.

Das Biberlied

2. Kegelförmig fortgenagt
die ganze Nacht, bis dass es tagt.
Sieh, schon zeigt die Nagespur
Formen einer Eieruhr.

3. Nage, nage, Biberzahn,
nage, nage, Span für Span.
Bis der Baum durch sein Gewicht
an der dünnsten Stelle bricht.

4. Komm und schau, wenn's dir gefällt,
wie der Biber Bäume fällt.
Hab uns lieb auf deine Weis',
doch sei leise, leise, leis …

Spechtschmiede mit Nuss

Igel Felix war nur mehr selten mit seinen Freunden unterwegs. Dafür suchte er sich wärmere Tage aus und nahm sich auch dann nicht viel Zeit. Er baute nämlich sehr fleißig an seinem Winternest.

„Jetzt wird es langsam schwer, Futter zu finden!", krächzte Jakob. „Ich fliege schnell einmal in meine Werkstatt!"

„Was meinst du mit Werkstatt?", pfiff die neugierige Maus.

„Damit meine ich meine Spechtschmiede! Kommt und schaut sie euch an!"

„Was ist denn das?", staunte Kleo. Sie sah nämlich eine Nuss, die in einer Baumrinde steckte.

„Ist das nicht eine gute Erfindung?", verkündete Jakob stolz. „Man klemmt die Nuss fest in die Ritzen einer Rinde oder zwischen zwei Äste und schon kann man darauf loshacken. Das ist wichtig, wenn man nicht mehr als einen Schnabel zur Verfügung hat, um sie zu öffnen!"

„Aber du pickst doch sonst immer Käfer und Würmer aus den Bäumen!"

„Schon, aber die haben sich längst verkrochen. Die kannst du im Winter vergessen!"

Schlaubi überredete Kleo, doch noch mit ans Donauufer zu kommen.

„Du wirst überrascht sein, was du dort alles siehst!", versprach er ihr. Das machte sie neugierig.

Weil die Bäume längst keine Blätter mehr trugen, wurden die Kinder auf Vögel aufmerksam, die entweder auf Zweigen saßen oder fliegend unterwegs waren:

Sie erkannten Kohlmeisen, Blaumeisen und Kleiber, die übrigens die einzigen Vögel sind, die einen Baum mit dem Kopf voran hinunterlaufen können.

„Schaut, da sind Schwanzmeisen!" Tina hatte sie auf einem Strauch entdeckt. „Sie sind immer in Gruppen unterwegs. Sind sie nicht putzig?"

Mittlerweile hatten die Kinder ihr Wanderziel erreicht. Sie sahen endlich die Donau; die große Donau, die mit ihrem Wasser die Auen versorgt und am Leben erhält. Man hätte glauben können, dass es dort nichts zu sehen gäbe als eben Wasser, ein paar Bäumchen und Sträucher. Aber nein, da tummelten sich viele Vögel im Wasser und am Ufer.

Schwanzmeise

Kleiber

„Das sind unsere Wintergäste!", berichtete Tina stolz. „Eiderenten, Reiherenten, Blässrallen, Tauchenten, Schellenten und andere. Manchmal sind sogar Fischadler zu sehen. Sie alle kommen aus dem Norden, aus Ländern, in denen es viel kälter ist als bei uns."

Reiherente – Erpel

„Ich möchte sie auch so gerne sehen!", piepste die Maus im Hintergrund. Sie war zu klein, um das Ufer oder gar das Wasser überblicken zu können. Da hörte sie eine freundliche Stimme:
„Komm doch zu mir! Du kannst an mir hochklettern!"
Kleo blickte sich um und bemerkte eine Pappel, die mit Efeu bewachsen war. Seine Ranken hatten sich im Laufe der Zeit am Baum hochgezogen und klammerten sich fest an ihn.
„Danke", flüsterte die Maus überrascht und versuchte mit geschickten Pfötchen zumindest ein kleines Stückchen höher hinauf zu gelangen.

Efeu auf Pappel

Auch der Efeu ist eine Liane, unterscheidet sich allerdings sehr stark von den anderen.
Sein Stamm schmiegt sich an den des Stützbaumes, hängt nicht frei wie der der Waldrebe. Grund dafür ist seine Klettertechnik: Zahllose Haftwurzeln entspringen beiderseits aus dem Stamm und klammern sich unlösbar in der Borke seines Helferbaumes fest.
Seine dunkelgrünen Blätter sind immergrün, das heißt, er bildet oft im Winter das einzige Grün in der Baumschicht. Auch er breitet oben seine Krone aus, gemeinsam mit den anderen Bäumen des Waldes. Häufig steht der Efeu an toten Bäumen, aber nicht, weil er sie etwa ausgesaugt und umgebracht hätte (keine Liane ist ein Parasit!), sondern weil er an einer Stütze, die selber keine Blätter hat, mehr Licht bekommt. Er ist ja nur an der Stütze interessiert, nicht am lebenden Baum. Der Efeu blüht Ende Oktober, sogar noch im November! Seine Blüten sind gelbe „Bummerln", die in Dolden beisammen stehen und recht viel Nektar haben. Daher werden sie von Bienen, Wespen, Schwebfliegen und anderen in dichten Scharen umschwärmt – und bestäubt.
Da er so spät im Jahr blüht, werden seine Früchte erst im nächsten April, Mai reif, gerade dann, wenn die anderen Pflanzen keine Früchte tragen. Es sind schwarze Beeren, ein gefundenes Fressen für hungrige Zugvögel, für die sie nicht giftig sind.
Für uns Menschen ist der Efeu mit allen Teilen giftig. Man gewinnt aber aus ihm wertvolle Medikamente, zum Beispiel gegen Husten.
Dass der Efeu kein Schmarotzer ist, beweist uns jede Garagenwand, jeder Gartenzaun, an dem er wächst. Denn was könnte er aus einer Mauer oder einem Zaunstecken schon beziehen?

Fliegen muss schön sein!

Die Kinder wanderten weiter. Dadurch hatte Kleo bald freie Sicht. Plötzlich rief Tina:
„Schaut auf den Himmel!"
„Wow!", staunten alle, „Zugvögel!"
„Sie sind auf Durchreise. Auch sie ziehen von kälteren Gegenden im Norden in den wärmeren Süden", erklärte Tina.

„Stoßen die denn nicht manchmal zusammen?", wunderte sich eines der Kinder.
„Eine sehr gute Frage!", lobte Tina. „Aber, nein, sie stoßen nicht zusammen. Sie können immer den richtigen Abstand zueinander halten."
Den Kindern gefiel der Zug der Vögel sehr. Sie mochten auch den besonderen Geruch des Wassers und die reine, klare Luft, auf die Tina sie aufmerksam machte. Eines von ihnen gähnte.
„Ich weiß, die Donauluft macht müde!", schmunzelte sie. „Kommt jetzt! Es ist höchste Zeit, umzukehren!"
Auf ihrem Weg nach Hause blieb Tina noch einmal stehen und zeigte auf die kahlen Sträucher.
„Schaut genau hin! Seht ihr die Ansätze der Knospen auf den Zweigen? Sie sehen zwar noch ganz klein aus, aber sie sind schon für das Frühjahr vorbereitet. Aus jeder Knospe wird ein Zweig, vielleicht ein Ast."

Eschenknospe

Da aber rief Sabine plötzlich: „Da schaut her! In der Weide wächst eine Blume!" Und tatsächlich: da ragte eine hölzerne Rose aus den Zweigen, gleich daneben eine zweite!

Weidenröschen

Bevor sich die Kinder von Tina verabschiedeten, fragte sie sie noch: „Und? War es sehr fad in der Au?"
„Nei-ei-ei-n!", riefen alle im Chor und bedankten sich stürmisch.
Die meisten Insekten hatten sich längst verkrochen und ihre Eier, Puppen oder Larven in verschiedenen Stängeln abgelegt.

Pappelknospe

„Keine Rose", lachte Tina:
In der Tat: An den nun blattlosen Weiden kann man oft etwas sehr Hübsches sehen: Ein Zweig endet mit einem Gebilde, das der Blüte eines Edelweißes ähnelt, allerdings braun ist und verholzt. „Weidenröschen" nennt man dies. Manche Leute sammeln solche Weidenröschen, um sie als Zimmerschmuck in die Vase zu stellen – ohne Wasser, versteht sich.
Das Ganze ist eine Galle, das Werk einer Gallmücke, die die Zweigspitze angestochen und ein Ei hinein gelegt hat. Daraufhin wächst der Zweig nicht in die Länge, sondern bildet dieses hölzerne Blattbüschel, in dem die Larve heranwächst. Wenn wir sie sammeln, sind die Larven längst geschlüpft. Wir finden nur die leeren Gallen in Form von Röschen – oder eben von Edelweiß, wie man eben mag! Weidenröschen sind die „Rosen des Winters".

Da hastete ein verspäteter Ohrwurm vorbei. Er raste einen Brombeerstängel hinauf und lugte hinein: „Besetzt!", schnaufte er.
Herunter. Hinauf auf den nächsten Stängel.
„Das kommt davon, wenn man sich so lange Zeit lässt!", fiepte Kleo, der doch wirklich nichts entging. „Wer kommt denn auch auf die Idee, seine Kinder in Pflanzenstängeln zu verstecken!"
„Viele, das ist es ja gerade; kein Platz mehr!"
„Haben diese Stängel auch innen Dornen?", erkundigte sich die Maus vorsichtig.
„Aber wo denkst du hin! Die sind innen weich ausgepolstert und werden von uns verschlossen, sobald wir unsere Kinder gut untergebracht haben; ein Paradies für den Nachwuchs!"
Endlich fand auch der Ohrwurm die Stelle, die er gesucht hatte. Die Nachbarn seiner Kinder waren Eier, Larven und Puppen von Schwebfliegen, Schmetterlingen, Bohrfliegen und etlichen anderen, die er nicht kannte. Alle lagen fein säuberlich getrennt in winzigen Kammern.
„Wer hätte gedacht, dass es so viel Leben in einem unscheinbaren Stängel gibt!", wunderte sich Kleo.
Sie hatte eine Haselnuss gefunden, schleppte sie auf ein windgeschütztes Plätzchen und öffnete sie freudig. Ganz ungestört war sie allerdings nicht.
„Ich will weg von hier! Weit weg!", hörte sie.
Sie sah sich um und bemerkte zu ihrem großen Erstaunen eine Klette, die im Windhauch leicht zitterte.
„Warum denn das?", erkundigte sich die Maus.
„Weil es hier schon so viele von uns gibt. Ich möchte meine Samen an einem anderen Ort verstreuen, damit anderswo auch viele Kletten

wachsen können! Kannst du mir vielleicht dabei helfen?"
„Ich?", wunderte sich Kleo. „Sicher nicht! Oder, warte, lass mich nachdenken: Du brauchst jemanden, der dich von hier fortbringt. Weißt du was, nimm dir ein Wildschwein!"
„Das ist keine schlechte Idee!", freute sich die Klette. „Die Sache hat allerdings einen Haken: Wird eines ausgerechnet an dieser Stelle vorbeikommen?"
Kleo dachte nach.
„Nun, ich denke schon", meinte sie. „Die rennen hier oft durch. Das scheint eine Wildschweinstraße zu sein. Der Rest ist Glücksache."
Sie brauchten gar nicht lange zu warten. Die ganze Meute kam vorbei. Einige legten sich sogar nieder und noch dazu genau dort, wo die unzufriedene Klette wartete. So war es für sie ein Leichtes, sich an ein Zottelfell anzuklammern.
„Ich hau ab! Auf Wiedersehen!", rief sie zurück, als sich das Schwein in Trab setzte.

„Schau, Jakob!", quiekte die Maus, „sie hat es tatsächlich geschafft!"
„Siehst du, auch so werden Samen vertragen, und du hast geglaubt, das kann nur der Wind!"
„Tut mir Leid, ich habe mich geirrt!", piepste Kleo. „Auch clevere Waldmäuschen lernen ihr Leben lang etwas dazu."

Es war der letzte wärmere, windstille Tag, als Igel Felix noch ein Mal vor dem Winter zum Vorschein kam. Er wollte sich von seinen besten Freunden verabschieden. Sie waren auch alle gekommen: Jakob, Schlaubi, Titt und andere Vögel, Hase Hops und natürlich Kleo. Sogar der Biber hatte sich hervor gewagt und hörte genau zu:
„Glaubst du", fragte die Maus den Igel, „dass es uns gelungen ist, die Menschen auf uns, auf alle Tiere und Pflanzen, aufmerksam zu machen?"
Felix überlegte ein Weilchen. Dann sagte er sicher: „Ich glaube schon!"
„Ihr habt doch gesehen, wie gerne Kinder und Erwachsene zu uns in die Au kommen!", krächzte Jakob zuversichtlich.
„Stimmt, auch weil Tom und Tina so viele Geschichten über uns erzählen können!", pfiff die Maus.
„Die Kinder haben uns sicher sehr lieb!", war der Biber überzeugt.
„So lieb, dass sie uns schützen werden, wenn sie einmal erwachsen sind?"
„Ich glaube schon!", zwitscherte Titt. „Wir hoffen es alle!"
„Mit Verständnis und Rücksicht könnten sie eigentlich jetzt schon anfangen!", stellte Felix energisch fest.
„Stimmt!", entschied die Maus und überlegte: „Wie könnten wir es anstellen, dass mehr und immer mehr Menschen erfahren, wie wir leben und was jeder von uns braucht?"
Zunächst war es still in der Runde. Dann trat der kluge Igel hervor und sprach:
„Es gibt viele Menschen, die Tiere und Pflanzen sehr mögen. Da könnte es doch sein, dass einer von ihnen aufschreibt, was Tom und Tina alles wissen und berichten!"
„Und was wir alles erlebt haben!", fügte die Maus sofort begeistert hinzu.
„Du meinst aufschreiben? In einem richtigen Buch?", wunderte sich Schlaubi.
„Vielleicht!", überlegte Felix.
„Ja! Geschichten über uns für Kinder!", schlug Jakob vor.
„Warum nur für Kinder?", überlegte der Biber.
„Du hast Recht, für Kinder und für Erwachsene!"
„Meinst du wirklich?", zwitscherte Titt aufgeregt.
„Das könnte doch sein!", erwiderte der Igel nun mit fester Stimme und blickte nachdenklich in die Ferne, als sähe er das, was er eben gesagt hatte, schon vor sich.
„Und in diesem Buch würden wir alle mitspielen?", fragte Kleo ungläubig.
„Aber sicher!", meinte der Igel überzeugt.
„Wie aufregend!", quiekte das fröhliche Mäuschen.

Felix hatte alles gesagt, was er fühlte, was er ahnte und woran er glaubte. Es war für ihn höchste Zeit, sich zu verabschieden und sein warmes Kugelnest aufzusuchen.
„Auf Wiedersehen Felix!", riefen ihm seine Freunde nach. „Auf Wiedersehen bis zum nächsten Frühjahr!", piepste Kleo.
„Bis dann!", krächzte Jakob.
„Bis dann!", gab Felix zufrieden zurück.

Die Maus freute sich auch auf ihr weiches, gemütliches Nest. Zwar würde sie nicht den ganzen Winter verschlafen wie der Igel, aber es ließ sich darin so schön träumen; vielleicht von einem nächsten Abenteuer?
„Bis bald!", flüsterte sie noch im Schlaf.

Im Wasserwald

2) Im Weiher grün und tief und still,
da ist gedeckt der Tisch
für Larven, Spinnen, Wasserschlauch,
für Muschel, Schneck und Fisch.
Wasser-, Wasser-, Wasser-, Wasser-, Wasser-,
Wasserwald!

3) Erhaltet, schützt und liebet uns,
gebt Frieden uns und Ruh.
Was hüpft, was schwimmt, was fliegt und kriecht,
will leben so wie du.
Wasser-, Wasser-, Wasser-, Wasser-, Wasser-,
Wasserwald!

Autoren & Illustratorin

Elisabeth Beyerl

„Die Autorin“

Die in Wien geborene Autorin war, neben zahlreichen anderen Agenden in internationalen Konzernen, vorwiegend mit Aufgaben im Bereich Public Relations betraut.
Später entschied sie sich für eine österreichweite Seminartätigkeit, bei der sie sich als Instruktor der Pflege anspruchsvoller Handarbeiten widmete.
Ihre große Liebe zur Natur führte sie aber auch zum Fotografieren und Texten, wobei zwei erzählerische Kindersachbücher entstanden. Bald folgte ein Bildband mit lyrischen Kurztexten über das niederösterreichische Wechselgebiet. Kürzlich erschien das Geschenkbuch „Die Sprache der Steine“.
Zwischendurch verfasste die Autorin eine Reihe von Kindergeschichten und verfügt mittlerweile über eine umfangreiche Sammlung von großteils bebilderten Mundartgedichten.
Heute lebt und arbeitet die Autorin in Kirchberg am Wechsel, Niederösterreich.

E-mail: elisabeth.beyerl@gmx.at – Betreff: „Donau-Auen“

Mag. Reinhold Gayl

„Der Biologe“

Geboren in Klagenfurt, Jahrgang 1942, war lange Jahre Biologielehrer in Tamsweg, Sao Paulo – Brasilien und Wien, später Leiter der Abteilung Ökologie am Naturhistorischen Museum Wien.
Er ist ein Auenkenner und Auenschützer der ersten Stunde. Er hat an der Entstehung des Nationalparks mitgearbeitet, Lehrmaterial erstellt („Ökologie am Beispiel einer Flusslandschaft“) und arbeitet derzeit auch an der Ranger-Ausbildung in den Nationalparks Donau-Auen und Gesäuse. Er hat an wissenschaftlichen, Familien- und Kindersendungen des ORF mitgearbeitet und mehrere Bücher verfasst, darunter den ersten kommentierten Bildband über die Donau-Auen („Auenblicke“), mehrere Kinderbücher („100 Kinderfragen zur Natur“, „100 Quizfragen zur Natur“, „Tiere und Pflanzen Österreichs“) und Sachbücher über Auen, Moore, den Regenwald und biologische Tipps für Bergwanderungen bis ins Hochgebirge. Dank seiner Liebe zur Fotografie konnte er einen großen Teil der Bilder in diesem Buch beisteuern.

E-mail: gayl.erkin@aon.at – Betreff: „Donau-Auen“

Astrid Eidler

„Die Illustratorin“

Geboren 1979 in Mödling, wohnhaft in Berndorf an der Triesting.
Zeichnet und malt seit ihrer frühesten Kindheit.
Während der Ausbildung an der HLA für Mode und Bekleidungstechnik abslovierte sie ein Fernstudium an der Neuen Kunstschule in Zürich im Bereich Zeichnen und Malen.
Nach dem Abschluss beider Ausbildungen folgten, unter vielen verschiedenen Tätigkeiten, auch ein Au Pair Aufenthalt in Spanien, die Ausbildung zum Aerobic Instructor, eine weitere Ausbildung zur Konditorin. Außerdem ein längerer Aufenthalt in Tirol, Deutschland, Island und Irland, wo sie teils auf Bio-Bauernhöfen mitarbeitete, um die dort lebenden Menschen und deren Gepflogenheiten kennen zu lernen. Buntes Leben – bunte Bilder.

Die Liebe zur Natur war immer stark und vermag noch mehr zu wachsen.
Dankbar, zu diesem Projekt etwas beitragen zu können, zeichnete die Illustratorin in der Hoffung, mit den Bildern in diesem Buch Menschen zum Lachen zu bringen und Ihnen Herz und Augen für die Natur zu öffnen.

E-mail: id79@gmx.at – Betreff: „Donau-Auen“

Die erste Anlaufstelle für BesucherInnen ist das schlossORTH Nationalpark-Zentrum!

Der Nationalpark Donau-Auen stellt sich vor!

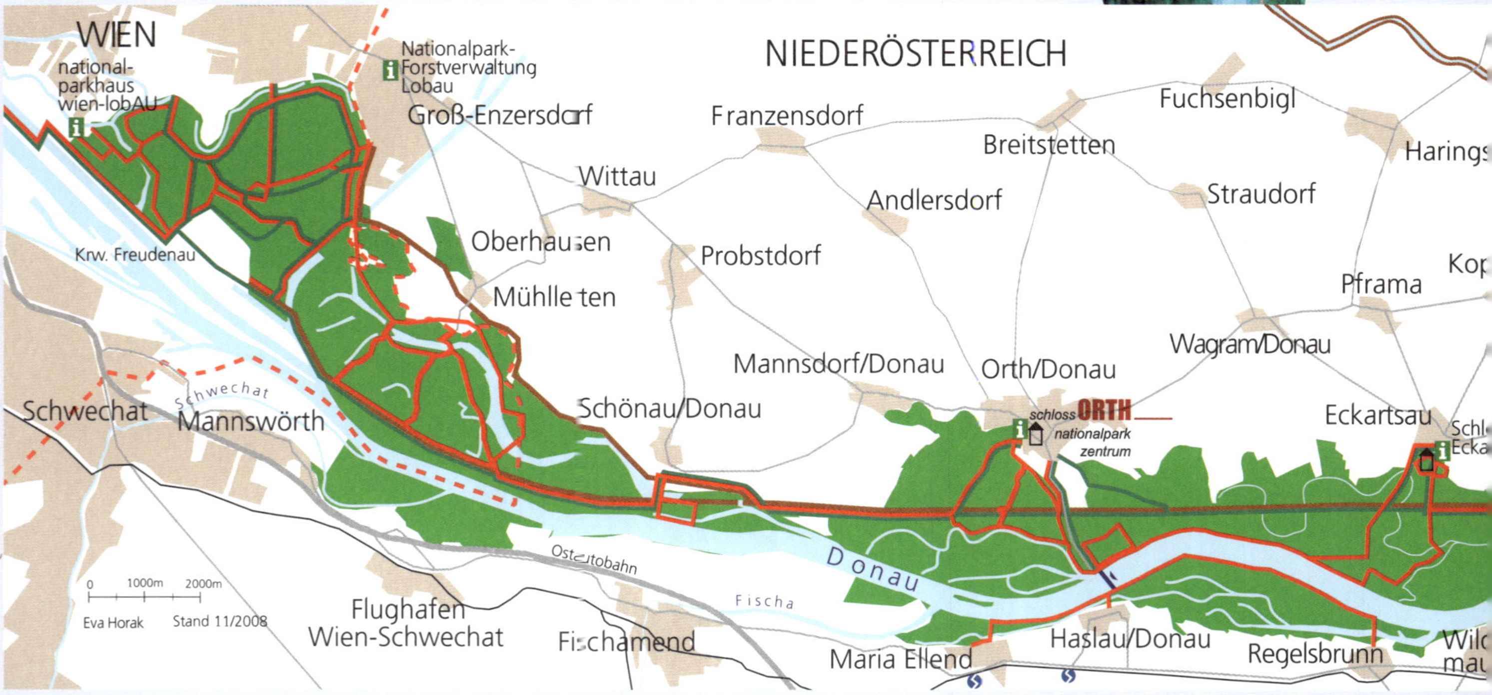

Foto: Kovacs

Der wilde Wasserwald wird im Nationalpark Donau-Auen nachhaltig geschützt.

Vielleicht hast du schon von Nationalparks gehört. In Amerika gibt es ganz berühmte, den Grand Canyon zum Beispiel. Und in Österreich ist der Nationalpark Hohe Tauern sehr bekannt.

Aber was ist ein Nationalpark genau? Es handelt sich dabei um ein Schutzgebiet, das eine besondere Landschaft und die darin lebenden Tiere und Pflanzen jetzt und in Zukunft bewahren soll. Hier gibt es sehr strenge Bestimmungen, was erlaubt ist und was nicht.

Diese Vorgaben gelten international – daher können weltweit nur Landschaften zu Nationalparks erklärt werden und dann auch Nationalpark bleiben, in denen die Natur Vorrang hat.

In Österreich gibt es derzeit sechs Nationalparks, und einer davon ist der Nationalpark Donau-Auen. Das besondere an diesem Gebiet ist, dass es hier noch einen Donau-Abschnitt gibt, wo kein Kraftwerk den Fluss aufgestaut hat. Der Donaustrom kann daher noch in die Landschaft eindringen, die ihn umgibt, und diese gestalten.

Früher waren weitläufige Flussauenlandschaften in Europa häufig, heute sind sie fast gänzlich verschwunden. Deshalb hat man den letzten Rest davon in Österreich unter Schutz gestellt.

In den Donau-Auen kann man mit Fug und Recht sagen, dass die Donau mit ihrem wechselnden Wasserstand die Lebensader dieses Gebiets ist. Bei Hochwasser dringt der Fluss weit in den Auwald vor, bringt Nährstoffe und durchströmt die Seitengewässer. Dabei kann es ordentlich zugehen – manchmal werden riesige Bäume umgeworfen, Erdhaufen weg geschwemmt und der Verlauf von Altarmen umgelagert. Dafür entstehen woanders neue Schotterbänke – die wichtiger Lebensraum für ganz spezielle Tiere und Pflanzen sind! Dann zieht sich das Wasser wieder zurück und die Natur erobert flugs alles erneut. Woanders kann Hochwasser Zerstörung bedeuten, aber im Nationalpark Donau-Auen ist es in Wahrheit lebenswichtig. „Au" bedeutet Wasserwald – und das ist hier wirklich wörtlich zu nehmen!

Möchtest du noch mehr über den Nationalpark Donau-Auen erfahren? Besuch uns im Internet: www.donauauen.at

Wir senden dir auch gerne Informationen und unser Besucherprogramm zu: Tel. +43 2212/3450, nationalpark@donauauen.at

nationalpark donau auen
KOSTBARE NATUR FÜR GENERATIONEN

DER NATIONALPARK DONAU-AUEN ...

- wurde 1996 gegründet
- liegt zwischen den europäischen Hauptstädten Wien und Bratislava
- erstreckt sich über die Bundesländer Wien und Niederösterreich
- ist 9.300 Hektar groß
- schützt mehr als 800 Arten höherer Pflanzen, mehr als 30 Säugetier- und 100 Brutvogelarten, 8 Reptilien- und 13 Amphibienarten, rund 60 Fischarten und viele weitere Tiere
- bewahrt die Naturschätze und setzt Maßnahmen, damit das Gebiet sich weiterhin gut entwickelt
- beschäftigt RangerInnen, die BesucherInnen gerne bei Expeditionen und Bootstouren begleiten

Du hast nun mit Kleo und ihren Freunden ein Jahr in den Au-Wäldern erlebt.
Von Tom und Tina hast du sicher auch einiges gelernt!

Bist du ein richtiger Au-Experte? Dann kannst du die folgenden Fragen leicht beantworten!

Bist du unsicher, lies auf Seite 146 nach!

Füll die Worträtsel in BLOCKSCHRIFT aus! Du darfst aber „Ä“, „Ö“, „Ü“ und „ß“ schreiben!
Los geht's!

Seite 9

Frage 1)

Welches kleine Tier stellt sich als erstes vor und lädt euch in die Donau-Auen ein?

Kleo, die ___ ___ ___ ___ (1)

Seite 11

Frage 2)

Zwiebel, Knolle oder Erdstamm?
Verbinde die Bilder mit den entsprechenden Pflanzen!

- Schneeglöckchen
- Maiglöckchen
- Scharbockskraut
- Herbstzeitlose
- Weißwurz
- Bärlauch

Seite 15

Frage 3)
Giftige Doppelgänger!
Der köstliche Bärlauch hat zwei giftige Doppelgänger.
Das sind:

_________________ und _________________

Seite 18

Frage 4)
Bienen im Frühlingswald:
Welcher Teil des Kornelkirschen-Strauches ist für die Bienen im Frühling wichtig?

die ___ ___ ___ (4) ___ ___

Seite 25

Frage 5)
Welche Gattung von Bäumen verstreut im Frühling auch „Schnee“?

die _ _ _ _ _ _

Seite 30

Frage 6)
Von welcher Pflanze ernähren sich die Raupen des Wolfsmilchschwärmers?

von der 6 _ _ _ _ _ _ _ _ _ - _ _ _ _ _ _ _ _ _ _

Seite 33

Frage 7)
Dieser Strauch wächst auch in den Donau- Auen.
Er ist mit Dornen besetzt und trägt kleine, eingekerbte Blätter, die ein wenig an an Eichenblätter erinnern. So sehen seine Blüten aus:

Wie heißt dieser Strauch?

_ _ _ _ _ _ _ _

Seite 34

Frage 8)
Drei wunderschöne Schmetterlinge:
Setz die Namen zusammen und verbinde sie mit dem passenden Bild!

a)	b)	c)
T P G A F G	C E F	A I M D
A U A E U N E	L A T R	A R L

_ _

Seite 39

Frage 9)

Der Gelbrandkäfer ist ein toller Schwimmer!
Er kann schwimmen und tauchen. Trotzdem muss er zum Atmen an die Luft.
Mit welchem Körperteil atmet der Gelbrandkäfer?
Bring die Buchstaben in die richtige Reihenfolge!

H L T I E E I N R B

Er atmet mit seinem __ __ __ __ __ __ __ __ __ __

Seite 43

Frage 10)

Wohin legen die Gelsen ihre Eier? Kreuz das Richtige an!

- ☐ a) auf die Blattunterseite einer Pflanze
- ☐ b) ins Wasser
- ☐ c) in die Erde

Seite 44

Frage 11)

Eine Gelse sticht dich. War es ein Männchen oder ein Weibchen?
Streich weg, was nicht stimmt!

- Es war ein Männchen, Weibchen stechen nicht.
- Es war ein Weibchen, weil es kleiner war.
- Es war ein Männchen, weil diese größer sind.
- Es war ein Weibchen, Männchen stechen nicht.

Seiten 46 und 47

Frage 12)

Welche dieser Fischarten leben in den Altarmen?
Schreib die Buchstaben ins richtige Kästchen.

a)

b)

c)

- ☐ Hai
- ☐ Karpfen
- ☐ Sonnenbarsch
- ☐ Scholle
- ☐ Hecht
- ☐ Goldfisch
- ☐ Guppy
- ☐ Dorsch

Seite 47

Frage 13)

Wessen Luftblasennest hat der Hecht zerstört?
Bring die Buchstaben in die richtige Reihenfolge!

W N A S S I S P E N R E

Das, der ___ ___ ___ ___ ___ ___ ___ ___ ___ ___ ___ ___

Seite 48

Frage 14)

Welche Pflanze fängt Kleinkrebse mit Fangblasen?

Es ist der ___ ___ ___ ___ ___ ___ ___ 2 ___ ___ ___ ___ ___ ___
2

Seite 49

Frage 15)

Was hat der Wasserläufer an den Füßen, das es ihm möglich macht, über die Wasseroberfläche zu laufen?
Streich weg, was nicht stimmt, schreib die Lösung auf!

- Schwimmflossen
- Haarbüschel
- Saugnäpfe
- Häkchen

___ ___ ___ ___ ___ ___ ___ ___ ___ ___ ___

Seite 51

Frage 16)

Wodurch kann der Wasserfrosch laut quaken?
Bring die Buchstaben in die richtige Reihenfolge!

S B A C H S L A L E L N

Durch seine ___ ___ ___ ___ ___ ___ ___ ___ ___ ___ ___ ___

Seite 55

Frage 17)

Wie heißen diese Schnecken? Sortiere die Buchstaben und schreib die Namen darunter!

BESNSERINTNEKCHCE

a) ____________________

TRSNLLEHCEKECE

b) ____________________

SMALMCNKCSHHECE

c) ____________________

Seite 59

Frage 18)

Welches Naturereignis lässt Wälder zu Auwäldern werden?

H O S C E H W A S R

das _ _ _ 3 _ _ _ _ _ _
(3)

Seite 64

Frage 19)

Welche Muschelarten kann man in der Donau und in den Altarmen finden?
Der Zahlencode hilft dir!
Die Zahlen stehen für die Buchstaben im ABC in der richtigen Reihenfolge!

20 5 9 3 8 muschel   13 1 12 5 18 muschel   6 12 21 19 19 muschel

Seite 72

Frage 20)

Ein schöner Vogel!
Wie heißt der schwarze Vogel, der als einziger Wasservogel Schwimmhäute zwischen allen vier Zehen hat?
Jedes Zeichen steht für einen Buchstaben! Knack den Geheimcode!

=A   = O   = K   =N   = R   = M

_ _ _ _ _ _ _ 8
(8)

Seite 89

Frage 21)

In welche Pflanze, die mit ihrem Duft Insekten anlockt, guckt Kleo hinein?
Sie guckt in die

_ _ _ _ _ _ _ _ 7 _
(7)

Seite 92

Frage 22)

Manche Käfer haben ganz tolle Eigenschaften! Einer, zum Beispiel, rollt Pappelblätter zu kleinen, feinen Röllchen zusammen! Wie heißt dieser Käfer?
Wähle den richtigen Namen und trag ihn ein!

Rollpappelkäfer Pappelblattroller Pappelrollkäfer Blattrollkäfer

_ _ _ _ _ _ _ _ _ 5 _ _ _ _ _ _ _
(5)

Seite 106

Frage 23)

Welcher bekannte Laubbaum hat an seinen Samen Propellerflügel, damit der Wind die Samen gut verbreiten kann?
Knack den Geheimcode! Dann lies von hinten nach vorne!

♓= A ❖= O ♎= R ♋= H ♑= N

Dieser Baum heißt _ _ _ _ _
♑ ♎ ❖ ♋ ♓

Seite 114

Frage 24)

Zeichne das Netz einer Radnetzspinne fertig!

Seite 124

Frage 25)

Fußspurendetektiv:
Wem gehören diese Fußspuren?
Schreib die Namen der Tiere dazu!

Eichhörnchen
Wildschwein
Hase
Maus

a)

____

b)

____

c)
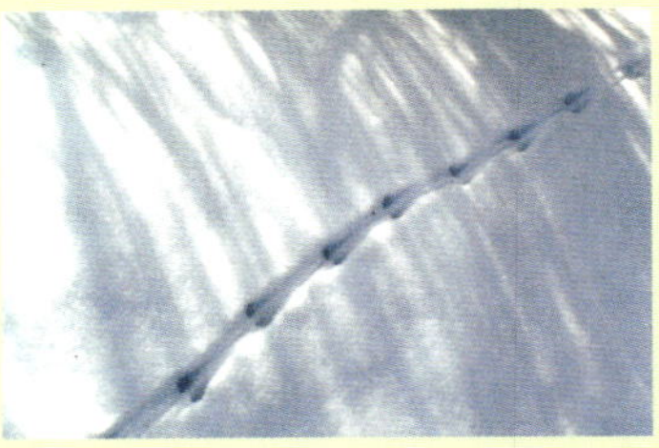
____

d)
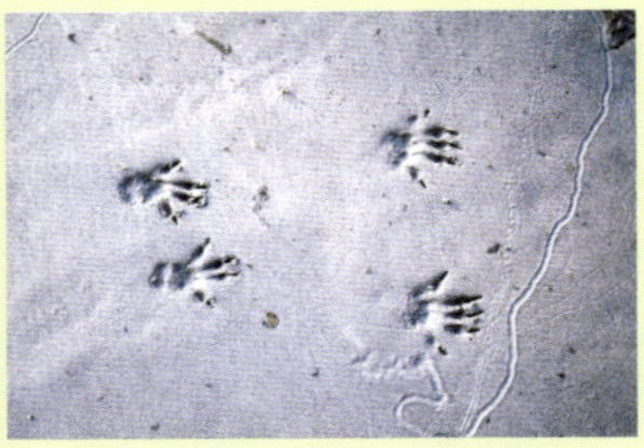
____

Hast du alle Rätsel gelöst?
Schreib die acht Lösungsbuchstaben aus den Rätseln hier an die richtige Stelle!

Wir wollen die Natur

__ __ __ __ __ __ __ __ .
1 2 3 4 5 6 7 8

Differenzierte Arbeitsblätter zum Einstieg in das Thema ‚Donau-Auen' unter:
www.kral-verlag.at

Lösungen:

Konntest du alle Fragen beantworten?
Hier kannst du noch einmal vergleichen:

1) Maus
2) Zwiebel: Schneeglöckchen, Bärlauch
Knolle: Scharbockskraut, Herbstzeitlose
Erdstamm: Weißwurz, Maiglöckchen
3) Maiglöckchen und Herbstzeitlose
4) Blüte
5) Pappel
6) Zypressen-Wolfsmilch
7) Weißdorn
8) a) Admiral
b) Tagpfauenauge
c) C-Falter
9) Hinterleib
10) b) ins Wasser
11) Es war ein Weibchen, die Männchen stechen nicht.
12) a) Hecht
b) Karpfen
c) Sonnenbarsch
13) Wasserspinne
14) Wasserschlauch
15) Haarbüschel
16) Schallblasen
17) a) Bernsteinschnecke
b) Tellerschnecke
c) Schlammschnecke
18) Hochwasser
19) Teichmuschel, Malermuschel, Flussmuschel
20) Kormoran
21) Osterluzei
22) Pappelblattroller
23) Ahorn
24) Spinnennetz von Seite 115
25) a) Wildschwein
b) Hase
c) Maus

© Franz Antonicek
Seiten: 7 (unten), 59 (unten)

© Elisabeth Beyerl:
Seiten: Titelseite, 3, 12 (Mitte), 15, 22 (rechts), 24 (unten), 34 (oben rechts), 36, 37 (unten links und Mitte), 62 (unten), 65 (unten), 76 (Lupe), 84, 86 (unten rechts) , 88, 93, 98 (rechts), 105 (unten), 108 (oben), 116 (oben), 119 (oben rechts),134 (unten rechts), 124 (Lupe), 126 (Lupe), 135 (unten links und rechts)

© Reinhold Gayl:
Seiten: 3, 4, 10, 11, 12 (oben und unten), 13, 15 (Lupe) 16, 17 (Lupe), 18 (Lupe), 19, 20 (Mitte), 22 (links), 23, 24 (Lupe) 25, 26, 27 (links), 28, 29, 30, 31, 32, 33, 34 (Lupe, Mitte und unten), 35 (rechts),
37 (oben und Mitte), 38, 40, 41, 43 (Lupe), 45, 46, 47 (unten), 48, 49, 51, 54, 55, 56 (unten), 57, 58, 59 (Mitte), 62, 64, 65 (oben und Lupe), 69, 70, 71, 77, 78, 79, 80, 81, 82, 83, 86 (Lupe), 87, 89, 90 (Lupe), 91, 92, 94, 96 (Lupe und oben rechts), 97, 98 (links), 99, 100, 101, 104, 105 (oben links und rechts), 106, 107 (oben), 108 (rechts), 110 (oben), 111, 113 (Mitte) 114, 116 (Lupe), 119 (oben links und Mitte), 120 (oben), 122, 124 (rechte Spalte), 126 (unten rechts), 127 (rechts), 129, 139 (oben links und unten), 149 (unten rechts), Fotos letzte Umschlagseite.

© Franz Kovacs:
Seiten: 4, 43, 107 (rechts unten), 138, 148, 149, 150, 151

© Fritz Rischer:
Seiten: 7 (oben und Mitte), 109

© Norbert Sendor:
Seiten: 20 (unten Mitte und rechts), 52, 56 (oben), 72, 74, 90 (unten), 96 (unten rechts) 110 (unten) und 139 (unten rechts), 126 (Mitte rechts), 127 (oben links), 135 (oben rechts), 139 (oben rechts)

© Elisabeth Zeman:
Seiten: 7 (unten), 20 (Lupe), 27 (rechts), 47 (oben), 68, 75, 112, 113 (oben), 121.

© Kai Koehler – Fotolia.com:
Seite: 35 – Brennnessel

© Nikolai Sorokin – Fotolia.com:
Lupen

© Lieder Elisabeth Beyerl
Seiten: 50, 125, 133

© Illustrationen: Astrid Eidler

Pädagogische Beratung: Dipl. Päd. Gabi Fahrner, 2880 Kirchberg am Wechsel

Ein Spaziergang durch die Au ...

Wir sehen uns in der Au! Nehmt bitte Rücksicht auf uns Tiere und haltet unser „Wohnzimmer" sauber!